U0070010

未來，我是你的老婆

I Am Your Future Wife.

AUTHOR／H

目錄

CONTENTS

第一話 好人卡收藏家……006
第二話 姐妹的紅酒趴……013
第三話 我不是年夜飯……019
第四話 未來老公寄的信……022
第五話 未來老公又寄信……028
第六話 正義使者降臨……034
第七話 第一次完結篇……041
第八話 不是我的菜……047
第九話 我愛追夢人……054
第十話 叫我第一名……061
第十一話 第二次完結篇……067
第十二話 夢想與機率……076
第十三話 一則以喜一則以憂……082
第十四話 我要改變未來……089

第十五話　我最愛的人事物……095
第十六話　唱首歌來聽聽……102
第十七話　近水樓台先得月……111
第十八話　理想鬼上身……117
第十九話　姐妹鬩牆……123
第二十話　失憶的紅酒夜……129
第二十一話　偷米的生日趴……135
第二十二話　天堂與地獄……142
第二十三話　是什麼包裹……148
第二十四話　現在與未來……154
第二十五話　豬八戒照鏡子……160
第二十六話　妳是我的姐妹……167
第二十七話　第一次約會……174
第二十八話　偷米・爵士・夜……181

目錄 CONTENTS

第二十九話　病危的牧師……187
第三十話　他是誰……193
第三十一話　說不出的祕密……200
第三十二話　最後的依靠……206
第三十三話　很了不起嗎？……212
第三十四話　宅女的條件……218
第三十五話　小那的婚禮……224
第三十六話　一首動人的歌……231
第三十七話　似曾相識的對白……238
第三十八話　未來……246

自序

二００六年開始，在雅虎時尚頻道上，我開始了每周一篇的短篇專欄。在這段時間內，許多人打氣，許多人留言，成為了我出書的動力。

我的本業是品牌經營，我的興趣是電影，而我最常做的事情卻是寫故事。

沒有什麼名人加持，也沒有什麼藝人推薦，這本書的好與壞，我想，只有看過我文章的人最清楚。

不是想趕上出書的風潮，也沒有什麼特別的目的。我想，出書的本質，只是希望更多人可以因我的文字，而體驗更多種人生。如果我的文字，可以帶給你那麼一點感動，我已經滿足。

我是H。

歡迎進入我的愛情小說世界。

第一話

好人卡收藏家

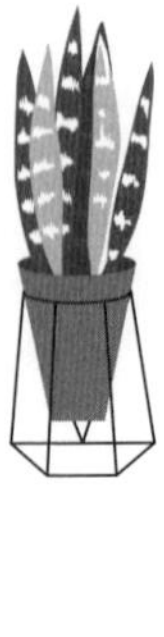

「真的不好意思，妳是個好女孩……」

當約會時間未滿八點，就聽到對方口中吐出這樣的台詞時，我的經驗告訴我，接下來，我將會朝向新紀錄邁進。

「我知道我不錯呀，可是你這樣說的意思是……」來吧，我早就已經習慣了。

「……對不起，我可能無法和妳繼續再交往下去了，我們，做朋友就好了。」

一邊吃著我的沙拉，一邊裝出無所謂的表情，我想，任何人在兩年內經歷過類似的事情將近十次，也都可以裝出一副若無其事的樣子吧。

「OKOK，我知道了……」我還是自顧自的低頭吃著。

「……就這樣嗎…你沒有什麼話想要和我說？」在這一秒身分已經轉換成前男友的John，看起來似乎一臉驚訝。

「說什麼…喔…你如果想先走就先走，你的餐點，我可以幫你一併吃掉。」滿嘴沙拉醬的我，連看都不想看他一眼。

「……喔……好的，那麼，我就先離開了……」John起身理了理西裝，一臉歉意的彎下腰輕聲說。

「我會用我剩下的生命，祝福妳，妳一定會幸福的。」說完，John很帥氣的離開了這家日式餐廳。

媽的，每個男人都一樣，明明已經嚴重的傷害了我，卻還要在離開前，說出一句冠冕堂皇降低自己罪惡感的美話。

我拿著叉子，用力的瞄準沙拉盤上那顆一直滑不溜丟的蕃茄，氣得我不停的插呀插，但蕃茄卻像是我這幾年感情的寫照般，不斷的從我手邊溜走。

我是美紀。

還差兩天就滿三十歲的台北上班族。

老家在基隆的我，為了讓自己可以更順利的擁有都會生活、享有獨立愛情，我與兩個室友一起在南京東路上租了個房子，三房一廳的格局，然而房租大概就花了我一個月三分之一的薪水了。

我不喜歡相親。

因為我不能接受雙方是為了完成某段感情，才來刻意見面。

我也不能接受對方之前交往過的女朋友的數字，超過個位數。

我認為每個男人都應該非常專情，如果在他交往過的對象裡面，其中有一個是因為男方主動提出分手的，我就沒有辦法接受。

我也不能接受婚前性行為。

簡單講，我對感情，很龜毛。

在我的認知裡面，愛情就應該是水到渠成，不能夠刻意配對，不能夠有半點別人介入，不可以不清不楚，不可以半途變卦。

室友一號心筠，說我的感情有潔癖，明明條件還算可以，卻硬要堅持一些不必要的事情，常常因此而浪費掉大好的機會。

室友二號小那，則是對我的原則充耳不聞，她總是說，只要美紀開心就好，太多的原則，都不適用在不同人的身上。

有時候我很驕傲，因為我覺得我有我自己的堅持。

不過，不是現在。

當我好不容易插中了沾滿沙拉醬的蕃茄時，我的眼淚，卻不爭氣的湧了出來，我真的不愛趕流行，但是我非常時尚的拿到了兩年內的第九張好人卡。

回家的路上，為了不想讓室友們又知道我感情失敗了，於是我刻意繞道走去書店，畢竟那裡是最可以打發時間的地方。

我一進去就看到了一本書《還沒聽見我愛你》——H著。

心裡很是感觸，因為我的情況不是還沒聽見，而是從沒聽過人家對我說「我愛妳」，於是我翻開了這本書，蹲了下來。

才看不到幾行，H說故事的方式，就讓我感同身受的進入了角色之中，而早就已經在叉蕃茄時弄花的妝，這時候被我哭的更像潑墨畫般狂野。

我決定將這本催人熱淚的書，悄悄的帶回家，以方便宣洩體內過多的淚液，於是我迅速的買了單，將書放進了我的包包中。

走到家門口時，我拿出化妝包重新補妝，目的只為了不讓他們再替我擔心。

反覆調整呼吸，面帶微笑的我，想要若無其事的走進家門時，卻發現，客廳的燈，完全都不會亮了。

我心想，停電?這也好，省得我再演戲。

躡手躡腳的準備走進我那離大門最遠的房間時，忽然燈全部都亮了。

「Surprise!!」室友心筠拿著蛋糕走了出來。

而室友小那則是拿著兩大杯紅酒，一杯放在我的手上，另外一杯則是自己高高舉起，大聲喊著。

「讓我們一同來慶祝，萬人迷美紀的三十歲生日！」心筠和小那興高采烈的將兩杯紅酒乾掉，而我則是傻了，還沒恢復過來。

「別再驚訝了啦，妳後天生日，我明天出差，星期三才回來，心筠後天回老家，所以提前幫妳過生日，夠意思吧！」小那豪氣干雲的說著。

「對呀，美紀，讓我來祝妳生日快樂，第一個願望就是希望妳今年可以加薪，擺脫薪水不足三萬元的低收入戶！」心筠說。

我心想這願望真實際，嘴角也微微的笑了。

「那麼，也讓我來祝福妳吧……」小那若有所思的擠眉弄眼。

「就祝妳和 John 可以有個好的結果，永浴愛河！」

我的心臟，就像是被點了死穴般的，瞬間無法呼吸，剛才的妝又再度的被眼淚開出兩條道路，這一次，我無法抑制的嚎啕大哭了起來。

事。

小那一臉呆滯，只能看著心筠，兩人無奈的苦笑著，大概也猜到發生了什麼

而我處心積慮安穩下來的情緒，就這樣被兩位不知情的室友，徹底顛覆。

第二話

姐妹的紅酒趴

南京東路上的房內，三枚女子喝著紅酒暢談著。

「我真的不懂，每一次我都以為，我這段戀情非常牢靠、非常完美，可是最後，總是會出現一樣的結果，讓我非常灰心。」

小那高舉著酒杯看著我，微笑的說：

「還沒啦，美紀，妳的幸福還沒到……」

「對呀對呀，美紀，再等等，再等等。」

我看著心筠，有種說不出的異樣感。

「心筠，怎麼我覺得，妳今天怪怪的。」

「沒有呀。」心筠喝了口紅酒，臉紅通通的笑著，感覺心頭有藏不住的甜蜜。

「ㄟ……嘿嘿嘿……」我拿著酒杯指著心筠，傻笑著。

「心筠，妳有對象了，對嗎？」

「不重要啦，總之，美紀妳不要想太多，妳的真命天子，很快就會出現了！」

我傻傻的拿出自己的皮包，從皮包中拿出了身分證。

「你們看，我高中時候的照片，多美呀！」心筠和小那一手就將我身分證拿走，兩人一邊看一邊笑著。

「你那時候還綁馬尾耶，真妙！」心筠說。

「對呀，當初，我偷聽到有個我喜歡的男生，他說他喜歡女生綁馬尾，隔天，我就很認真的，將我的頭髮綁起來，誰知道我一走進教室，被全班的人笑。」

「為什麼？很醜嗎？」小那問。

「……因為男生們在打賭，賭誰是喜歡那個男生的，因此故意把這件事情講給大家聽，只要隔天女生裡面誰是綁馬尾來上學的，就表示那女生是喜歡那男生的。」

我講得有點無力，畢竟，那是段不太愉快的回憶。

小那微微的笑。

「幼稚，那男生有出面幫妳說話嗎？」

「沒有，他一副很受不了的樣子，好像在說『怎麼會是這女的，真受不了』，而我為了表示我不是為了他而綁的馬尾，於是剩下的高中生活，我每天都硬著頭皮綁馬尾上學……」

心筠拿著酒杯坐到我身邊的沙發上。

「美紀妳真是好強，辛苦妳了，來！」我和心筠乾著杯，又喝了一大口紅酒。

小那這時高高站起，高舉起酒杯對著我們兩個。

「好吧！姐妹們，讓我們慶祝美紀的三十歲生日！以後的感情路，無堅不摧、順順遂遂……」

「乾杯！」三個人一同爬到桌子上去，乾了杯，開心的將酒給喝完了。

小那一邊走到廚房拿出今晚的第四瓶酒，一邊問著：

「說真的，心筠，妳是不是有對象啦！」

這時候看著心筠露出一臉小女人狀，也不知道是紅酒的關係還是自己臉紅，她只是嬌羞的笑著。

我連忙跑到心筠身邊，抱著她。

「心筠姐姐，有什麼事情是不能和我們兩個死黨說的呀？」

心筠自己偷偷的笑著，一付就是自己暗藏了心事自己高興的樣子。

「唉唷，八字都沒一撇勒，充其量，只是暗戀……」

「是嗎？」小那拿起空酒瓶指著心筠，活像是西洋劍的架勢。

「快招，否則我劍下不留人！」

心筠笑了出來。

「拜託，要我說什麼啦！」小那作勢要刺向心筠，兩個人竟然在客廳裡面跑了起來。

「哈哈！好啦好啦，我說啦，就只是暗戀，我在附近看見過他幾次，曾經看見他幫路邊的小朋友撿過氣球，就這樣……」

我聽了好羨慕。

「心筠，好棒喔……」

「拜託，妳那是什麼水汪汪眼神，我連對方是誰都不知道，只知道在什麼地方可以看見他而已。」

「心筠，好棒喔……」

我真的不是開玩笑的，相較於我談了好幾次被終結的感情，我真心的覺得，心筠這樣的感情開頭，好浪漫。

「哪裡棒，美紀妳的男人緣最好，如果妳不是那麼多無謂的堅持的話，早就可以結婚了吧！」

「唉～可是我就是不能不堅持呀！現在的男人那麼可怕，如果我將男朋友的條件也降低的話，到最後受傷最深的人一定是我，那姐，妳說對吧？」

「…………」

「那姐……」我和心筠這時才發現，小那手上的酒瓶早就滾落在地毯，而小那已經橫躺在沙發上，呼呼大睡了。

「沒辦法……」貼心的心筠到房間拿了小那的枕頭棉被出來，只見小那一邊砨著嘴，似乎還做了不錯的夢。

「美紀，我也累了，那我也先睡了。」

「晚安～」我看著熟睡的小那，隨口回應著。

「啊，對了心筠……」

「怎樣？」

「謝謝妳們……」我不好意思的說。

「傻瓜！」心筠笑笑的走進了房間，我則是坐在客廳，考慮著那已經開封的第四瓶紅酒，要不要將它解決掉。

第三話

我不是年夜飯

我瞇著眼緩緩醒來，發現自己身上多了條被子，是昨晚小那身上蓋的，仔細一看，小那早就人去樓空，而我則是躺在沙發上過了一晚。

這樣的生活固然愜意，但還是會希望早晨醒過來時，看到的是自己心愛男人的側臉。

這時我忽然發現紅酒杯下壓了張紙條。

「我出差去了，妳們別喝太多酒——小那」

對喔，我這才想起今天小那要出差了。

平常都身居大姐形象的小那，三天兩頭就會買菜回家下廚，我和心筠則是一直扮演在餐桌旁等待的菜蟲角色。

看了一下時鐘，沒意外的已經睡到下午兩點多了，我整理了一下客廳，回到了自己兩坪大的房間。

桌上 John 的照片還在。

我非常老練的將相框的背部拆開，取出了那第一次認識時的照片。

想想，這樣的情節和動作，已經重複幾次了。

自從我搬來台北後，這兩年之間，從最一開始的大衛、Vincent、小陳、王博、阿杰、小莫、翅膀，以及最近的 John。咦，少了一個……算了，我也忘了我漏了誰了。

每個男人都說我很好，都說我會幸福，我真想問，沒人要我，誰要給我幸福？

明天就是我的三十歲生日了，現在日本人流行的已經不是二十四歲的「聖誕節蛋糕」，最新的說法是三十歲晚上的「年夜飯」了，過了就沒人想吃了……

我的樣子看起來還是幼齒樣，打扮也不差，雖然工作的薪水低了點，但我應該還是有資格談戀愛吧……

一個人躺在床上，眼淚又整片整片的濕透了枕頭。

三十歲生日。我希望，我自己不要那麼龜毛，可以在感情上，順利的遇到自己的真命天子……

我認真的想著，如果真的是因為我的感情潔癖，我願意在明天之後，改變這一切。只要老天許我一個好人……

我真的，願意改變……

「美紀，晚上要喝酒嗎？」忽然從客廳傳來心筠的聲音。

「好呀！」什麼都可以改，不過喝酒可不能戒。

哈！

果真被那姐說中，又是一個酒醉夜。

第四話

未來老公寄的信

不知不覺的又喝到了半夜一點，走回我的房間時，我都已經快要不能走直線了。

聽到房間內的時鐘叫著一點的報時，我看了一下沒關的電腦螢幕，已經顯示出我生日的日期。

三十歲生日，就在室友心筠的乾杯聲中，來臨了。

沒有人打電話過來祝福，沒有任何的意外驚喜，更別提什麼生日禮物了。

我坐在電腦桌前，看著LINE上面的朋友，不是沒聯絡的，就是工作關係上的，沒有人會在意我的暱稱「美紀@三十歲到來」。

我總覺得人生，就是需要自己這麼孤單的過下去，還是說，因為耐不住寂寞，隨便的找個男人，當作依靠的對象，就這樣，度過自己的後半生⋯⋯

正當我陷入憂鬱的思緒中，我發現我的信箱多了一封尚未閱讀的來信。

寄件者：偷米

寄件主旨：我是妳未來最重要的人

我納悶的點開了這封信，信裡面是這麼寫的：

Dear Miki：

這封信，很冒昧。但也希望妳可以仔细的看下去。

首先祝妳今天三十歲生日快樂，雖然我很想說，以後妳的每一年生日，會一次比一次快樂，但總之，生日快樂。

妳一定會感到很奇怪，我是誰？說真的，現在妳還不認識我，不過，我希望妳，趕緊去認識我，因為，我將會是妳未來的老公。

這封信是我從未來寄出的，妳也不用回信，因為我收不到。我只能告訴妳，未來的我和妳，過著非常幸福的生活，因此，妳可以非常期待。

愛妳的老公偷米

這是啥？

我本能的看了看房間內，是否還有別人。

惡作劇？

我開始回想，我認識的人裡面，有誰叫做偷米，還是說，我交往過的人裡面，有誰會搞這種爛玩笑的……

沒有……

我的朋友少到，搜尋連絡人只需要花掉我幾秒鐘的時間。

那麼這個人，一定是……暗戀我的人……

不曉得從哪邊弄到了我的信箱，故意在我生日的時候，寫這樣的信來，想要讓我對他有好感。

未來老公……

屁咧……

這麼爛的橋段，都可以想得出來。

要我趕緊去認識他？話雖然這樣講，但是根本沒有地址、電話，又和我說不要回信，因為收不到，那要我去哪裡認識他呀！

唉……我無力的躺在我的小豬枕頭上，心裡想著：「如果真的是我未來老公的話，你就不要釣我胃口了，你難道不知道，我很容易相信人的嗎……」

思路一轉，我又想到，如果這個人是詐騙集團，那我不就慘了。

現在知道我的信箱，搞不好，連我的地址和電話他都已經知道了，這樣子的話，我豈不是應該要把這些密碼什麼的，趕緊換一下會比較保險。

不過，這樣的手法，是可以詐騙什麼呢？重點是我這個帳戶裡頭永遠不超過一萬元的人，又有什麼好騙的……

偷米……？

噗！這是什麼好笑的名字？偷雞不著蝕把米嗎？我未來的老公叫做偷米？噗！

我躺在床上忍不住不停的笑出來。

偷米？長什麼樣子呢？做什麼工作呢？帥嗎？

他是不是符合我的原則呢？

他是不是一個充滿夢想、勇於追求夢想的人呢？

還是說，根本就是個整天不務正業、遊手好閒的人。

不知道是酒精作祟還是怎麼的，裘德洛和布萊德彼特的臉，一直在我昏眩的腦海中重疊，而我的意識，似乎越來越不清楚了……

我的生日，我的老公，我的……

第五話

未來老公又寄信

如同昨天一般，我又再度瞇著眼睛醒來。這次我沒有躺在客廳，只不過身上的衣服都沒有換，電腦也沒有關，我竟然手上握著空著的紅酒杯睡著了。

乾枯的眼淚黏得我的眼睛幾乎睜不開，我趕緊跑到廁所，完成了盥洗動作。走到客廳，看著那個碩大的鐘，沒有意外的顯示著下午三點多，我的星期六與日兩天（其中還包括了我一天的生日），竟然就在紅酒天堂中進入尾聲。

我試圖將昨晚和心筠兩人幹掉的紅酒收拾乾淨，才發現，原本小那寫的紙條上面，又多了一張紙條。

「我回老家去了，星期三回來，把紅酒喝光也無妨唷——心筠」

很好，星期三以前，小那和心筠都不在家。
果然，是個孤單的三十歲生日。
我渾渾噩噩的走回自己房間，無力的躺在床上。
一旦冷靜下來了，我又想起了前天晚上被 John 賜死的那一幕，眼淚不聽話的滾了下來。
「媽，我嫁不出去了啦……」像是要賴般的在床上滾著，我真心的感受到孤單。
「叮咚！」話雖如此，我還是可以分辨，這是信件來時，我自己設定的聲音。
懶洋洋的爬起，我再度看到了那個奇怪的署名。
寄件者：偷米
寄件主旨：我在等妳

Dear Miki：

我相信妳對我寫的第一封信還在懷疑，因此我趕緊在這個重要的日子裡，寫給妳第二封信，雖然在我們結婚後，我寫給妳的信不計其數，但是這是我寫給十年前的妳的第二封信，我也相當珍惜。也請妳要把這些信留起來，這樣的話，十年之後我要再寫信給妳的時候，我就只要將這些信改一下，再寄給妳就可以了。

雖然不知道妳懂不懂我的意思，不過那都不是太重要，重要的是，請妳趕緊去找我，要不然，錯過了我們相遇的時機，可能我們之間的事情，會產生了變化，這樣的話，我和妳在十年之後所擁有的胖寶寶以及湖邊的小別墅，這一切都有可能化為烏有了。

這是我十年前的聯絡電話：09359480XX

愛妳的老公偷米

見鬼了。

這肯定是詐騙集團，連電話都留給我了。本來一覺醒來，我都忘了這件事情了，沒想到他又來了第二封信。

這電話，我不停的看著，想從中找出些線索來，絞盡腦汁的想著……

看了半天後，我可以確定，這是……台灣大哥大的門號。

唉，一點幫助也沒有……

我確定我對於應付這種詐騙集團，是很沒有技巧的，光是信用卡公司打來要我加入他們新的服務，我都得要聽個三十分鐘之後，才能找到空隙切入，告訴對方我不需要。

因此要我鼓起勇氣打這通電話，這更是接近不可能。

我心想，如果真的是我未來的老公，他不可能不了解我的行為，因此不可能這麼大膽的要我打電話過去。

照理說，他應該要自己打過來吧~如果他真的了解我的話……

「噹噹噹……」嚇死人，這個節骨眼，我的手機真的響了，而且還是隱藏來電。

我戒慎恐懼的將我的手機拿起貼近我的耳朵，按下接聽鍵。

「美紀呀，你這禮拜不回家喔，媽好想妳喔！」結果是基隆的老媽。

「媽，不回去呀，我不是說過了不回去了嗎！好……嗯……好……好啦……掰掰。」

掛掉電話後，再看著電腦裡面的信件，現在是下午三點多，宿舍裡面除了我以外沒有別人，我不知道我應該怎麼處理這樣的信件。

報警?!

算了，搞不好真的只是一個對我有好感的人，我這樣做，也未免太小題大作了，反正，我不打這通電話，如果他真的是我未來的老公，總是會有一方先有動作吧。

我盯著螢幕看著，好像是想看透什麼似的，只不過看久了，我的目油又流了出來。

「唉，先躺一下吧……」

連續兩晚的紅酒，讓我的身體的疲累感加劇，我漸漸地失去意識，又進入了夢鄉，我決定用睡覺，度過我這三十歲生日的最後幾個小時……

這時候的我，完全都沒想過，這麼幾封奇怪的郵件，會把我將來的生活，搞得雞飛狗跳，甚至充滿戲劇性……

第六話 正義使者降臨

「啊！」

我嚇醒了。

夢裡面的人抓著我狂吻，重點是，根本看不清楚他的臉，女人真的是太寂寞就會產生幻覺嗎？

晚上八點五十分。

看著桌上的鐘，我心想：「很好，我的生日，終於快要過去了。」

我睡眼惺忪的望向電腦，卻發現，那個未讀的資料夾裡面，又出現了一封信。

寄件者：偷米

寄件主旨：救我

Dear Miki：

我忽然想起我們第一次見面的情形。

那是我在失戀過後極度難過時，正打算在家裡了結我的生命，妳卻忽然出現，拯救了我的生命，一切的感情，都從那時候開始。

因此，快點去救我。

我知道，時間快要到了。

十年前的我的地址：南京東路五段405號8樓

PS：鑰匙放在門口的地毯下

愛妳的老公偷米

這，這……

可否有人告訴我這是怎麼一回事，不要再鬧我了啦！

我開始冷靜的思考這一切，如果這是有可能發生的事情的話，這就表示，這個未來的老公，可能無法寫信給從前的自己，他只能寫信給十年前的我，因此，他無法告訴自己何時會遇到我。

也就是說，這一切，都需要等我主動的去接觸他，我們之間的戀情才會開始，他的生命，也許因此才會得救。

一想到人命關天，我的冷汗竟然慢慢的滲透出來。

再仔細看一下地址，咦？這根本就在我住的地方旁邊而已，如果是詐騙集團，也不可能這麼剛好，為了要騙我然後租了個房子在我家隔壁吧。

一旦想通，認定我被騙的機會不高，正義感使然，我決定親自去看個究竟。

依循著地址找去，發現就在我租的公寓旁邊的電梯大廈裡面。

我三步做兩步的推開大門，進了電梯。

「ㄟㄟ，小姐，妳找哪位？」警衛像是抓到小偷似的叫住了我。

「喔，我…我找八樓的先生……」

「請問妳是……」

「他老婆！」我急忙的關了電梯門，不敢看警衛的表情。

心中暗自嘲笑自己的大膽。「他老婆」這種稱號，我都敢隨口說出。

電梯一下子到了八樓。

我急忙的出了電梯，取了地毯下的鑰匙。

手雖然握著鑰匙，但是我卻不知道該不該就這樣插入擅闖民宅，我心想，如果讓心筠和那姐知道我幹了這樣的蠢事，一定會被笑死的。

在門口來回磨蹭了幾步之後，我秉著救人的心，決定插入鑰匙。

「咖槍」門開了。

我輕聲的踏入這個房子內，才發現那是一間充滿情調的小套房。

小酒吧，紅酒櫃，沙發燈，燭臺……這一切看起來就像是……專門把馬子用的房間。

而且，小小的套房裡面卻還有樓梯，原來是還有夾層的樓中樓裝潢。

「你不要再騙我，你一定是外面有女人……」忽然我聽見了一道女聲，尖銳的女聲從樓上傳出。

「妳冷靜點！」另外回應的則是一道男聲，低沉的男聲。

「我不想再聽了，你不要再拿做業務當藉口，我受夠你的臨場做戲了！」女聲，尖銳的女聲由遠方，逐漸的往下方移動靠近。

我心知不妙，轉頭正打算離開。

「這女人是誰？」超級尖銳的女聲，在我背後響起，女人顯然已經下樓了。

我心虛的回過頭，看見了一個打扮時髦，身材纖細的女人。

那真是女人，渾身散發出性感女性賀爾蒙。

「妳又在說誰呀？」男聲。

低沉的男聲已經不再遙遠，看來是男主人也已經走了下樓。

我終於看清楚他。

中等身材，下巴和嘴邊有著清楚的鬍渣，眼睛雖然不大，卻有著濃厚的眉毛，那是個充滿男人味的……男人。

尷尬的是，這個男人，只穿著一條內褲。

男人看著我，有點傻了。

「你說，她是誰呀？」時髦的女人臉上充滿了憤怒，手指指著我，一付就想要離開的樣子。

男人看著我，表情就像是在問我說：您哪位呀？

「我應該是……他……未來的老婆吧……」我發誓，我在說這話的時候，腦中是一片空白的。

女人的眼睛瞪得老大，任誰在這個時候聽到這種話，都會氣炸了吧。

女人將門一甩，二話不說，揚長而去。

這時候只剩下我和穿著內褲的男主人，停留在這適合調情的空間當中。
我看著他，他看著我，兩人之間只有沉默。

第七話

第一次完結篇

說真話，這應該是我遇到過最詭異的情況了。

擅自跑到人家家中，還害人家女朋友生氣。

而且他還只穿著一條內褲。

我和他兩人對看著，一下子都不知道該說什麼好。

「妳……是我老婆？」男人的表情很尷尬。

「我是說……未來啦……」我知道我的臉現在很紅，又不是花痴，一般人怎麼會自己說這種話呢？

「你可以先穿條褲子嗎？」我真的很不習慣看著男人只穿內褲。

不過我的話一說完，他立刻站起來朝我走過來，我只看到穿著內褲的下半身，一步一步的縮短與我之間的距離，讓我幾乎心跳快要停止。

他的手朝我的方向伸了過來，我深吸了一口氣，差點沒窒息。

「我拿件褲子……」男人一把從我身後的沙發上，拿起了一條牛仔褲穿上，讓我瞬間放鬆了許多。

「現在女生……都是這樣認識男人的嗎？」男人一付很無奈的表情。

我則是被說得越來越心虛。

「拜託！我是來救你的啦！要不是你會自殺，你以為我願意呀！」

「自殺？妳現在看到我要自殺嗎？」男人的表情有點不悅。

「ㄟ……也不是現在，也許是等等呀！也許你和女朋友吵完架之後，心情不好，就想自殺了呀……」我知道我強詞奪理，不過，沒辦法……

「要死……也不會拖到現在……」男人在嘴邊含糊的說了一句。

「啥？」

「不關妳事……那妳現在解救我了，還有別的事情嗎？」男人的臉看起來有點嚴肅了。

「……我就要走了呀，兇什麼呀？偷米……」我不自覺得叫出了他名字。

「妳叫我什麼？」

「偷米呀，你不是叫做偷米嗎？」我大聲的喊著。

「我叫做Tommy，不叫做偷米，雖然發音很像，但是請不要用那種很台的說法叫我，麻煩妳，救命恩人，如果妳已經完成任務了，可以先行離開了嗎？我還要去向剛才那位小姐解釋呢！」

「喔……」這一切和我想得實在差很多，雖然這男人很有魅力，可是怎麼看，他都不像是會成為我未來老公的人。

「可是……你還不知道我的名字……」走到門邊，我忽然想到。

「……我有必要知道嗎……唉~好，請問恩人妳叫做什麼名字呢？」

偷米這時候已經拿起電話，看起來是準備要打給剛才的那位女孩。

「我叫作美紀，Miki。」我的話沒說完，門已經被關起來了。

哼！沒風度！

要不是你寫信給我，你以為我自己想要來呀！

一個人站在他家門口，我頓時感到有點落寞，摸了摸口袋，發現剛才從地毯下拿的鑰匙還沒有還給他，我躊躇了一下，決定再按電鈴。

「又有什麼事情呀？」偷米不耐煩的開了門，又看到我。

「這個……」我把鑰匙拿給了他。

「我不知道是要還你好，還是繼續放在地毯下，想說這地方我已經知道了，你可能不想放在同一個地方。」

偷米接過了鑰匙後，直直的看著我。

「……妳是做哪一行的？」

「喔……我在網路公……」我的話沒說完，就被偷米打斷了。

「做小偷的是嗎……」

「什麼呀？」我開始不高興。

「不然妳怎麼都知道人家的備用鑰匙會放在哪裡……？」

「那是因為……」

「因為什麼？」偷米咄咄逼人，完全不讓我有機會說完話。

「是因為妳對我有興趣，故意調查我，對嗎？」

「怎麼可能……」我說不出話。

「然後故意找這個時間，趁我女朋友和我有問題的時候，跑到我家來，說妳是我老婆，這樣就可以把她氣走了對嗎？」

「…………」

「妳如果不是幹小偷的，就是寫小說的，這樣的方法妳都掰的出來，我都算佩服妳了！」偷米作勢要將門關起來。

卻被我一腳攔住。

「還有事嗎？」偷米被我突如其來的舉動稍微吃驚。

「你說話最好有點分寸，要追我的人是你，要不是你寫信給我，你以為我會知道你叫什麼名字，你以為我會知道你住哪裡嗎？我甚至連你的手機號碼是幾號我都知道…」

「幾號……？」偷米語帶挑釁的問著。

「ㄟ……」沒背。

「那不重要啦，重要的是，不要想要關我兩次門，我這幾天拿好人卡已經夠嘔了，休、想、關、我、兩次門！」

說完之後，我將門重重的關起。

如果我和他之間算是連載的小說故事的話，我可以正式宣佈，今天就是完結篇！

沒有待續。

第八話
不是我的菜

星期一的早上，辦公室內。

我的腦子嗡嗡作響，要不是昨天晚上去見了那個莫名奇妙的男人，我也不會因為生氣而失眠。

「Miki，上禮拜要妳做的報表，妳弄好了沒？」冷不防小主管 Maggie 從我身旁殺出一句話。

「有，有，我放在公用資料夾裡面了。」我趕緊連上公司內部網路，試圖找出我上禮拜放的檔案，奇怪的是，我的公用資料夾裡面空空如也。

「咦，怎麼什麼東西都沒了……」我有一種很糟的預感。

Maggie 大搖大擺的走了過來。

「上禮拜網管部的人說了，要將公用資料夾清掉，請每個人記得備份檔案，妳都不收信的嗎？」Maggie 顯然早就料到我沒看到那信。

「上禮拜，我……」

「如果你今天不把那份資料交出來，妳明天就可以叫小黃來載東西了。」

「什麼意思……？」

「就是說妳明天就可以走了……的意思……」Maggie 撂下狠話後，回到了自己的辦公室。

唉！怎麼我每次都會遇到這樣的事情，那份資料，花了我三天的時間才做完，我怎麼可能今天就交出來。看來，三十歲生日一過，我的運勢更差了。

忽然我的桌上多了一張光碟。

「什麼呀？」我抬頭一看，看見了上個月才剛進來公司的工程師阿關。

「備份……那個……我有幫妳備份了……」阿關一邊摸著自己的眼鏡，一邊不流暢的說著。

「真的嗎？」我高興的將光碟放進主機中，看到了不只那份報表，其他的資料也都在裡面。

「謝謝你！真是太好了，這樣我就不用走了！」

「妳如果走了，公司就無趣多了……」阿關小小聲的說。

「啊？」

「沒事！我去忙了，如果有什麼電腦的問題，妳都可以問我。」阿關開心的回到了他的座位上。

呼！我則是覺得逃過了一劫。

不知道為什麼，Maggie 似乎看我很不順眼，但事實上，我並沒有不認真工作呀。

不過因為這件事情，讓我多認識了一位同事，倒也是一件不錯的事情。

相較於昨天晚上的偷米，我真的覺得阿關可愛多了。

忽然有人 LINE 我。

阿關將我加入了。

「剛才忘了自我介紹，我是阿關。」

「我知道。」

「妳叫做 Miki 對吧？」

「嗯嗯！」

「我看妳今天上班好像精神不太好，還好嗎？」

「還好，謝謝！」

「有需要的話，我這邊有咖啡，我可以幫妳泡一杯。」

「不用不用，真的謝謝！」

「嗯，有需要再叫我吧，我叫阿關。」

「嗯。」

我是不知道有什麼需要自己的名字要講到兩次，不過阿關看起來真的是個很可愛的男生就是了。

基本上這就是我的菜。

學生風格、年輕打扮，擁有對未來的夢想，可以非常體貼女生，最好是戀愛經驗零、分手經驗零、性愛經驗零，這樣的話，就完全符合我的愛情潔癖標準。

不知道為什麼昨晚那個內褲男的臉又出現在我腦中，我硬拍自己的腦袋，希望不要再想到他。

不是我的菜，我就不要再去想了。

晚上。

小那與心筠不在的夜晚，我的民生問題頓時變成了下班後的重點。

一個人不知道要到哪裡吃飯，走著走著竟然回到了公寓附近。於是我繞到旁邊的巷子內，決定自己在『老王牛肉麵』裡面，解決自己的晚餐。

點了麵、拿了小菜後，卻發現麵店裡面幾乎沒有空位，只剩下一兩個需要和別人併桌的位子。

「不好意思，沒位子……」我畢恭畢敬的朝其中一個空位坐下。

「啊！」旁邊穿西裝的客人叫了出來。

「啊！」是內褲男。

是偷米。

是呀，他就住在附近，遇到也不奇怪。

以前都是和小那他們一起吃飯，今天一個人，碰到的機率自然提高。

兩個人看著對方，一下子也說不出話。

「坐吧！」偷米冷冷的吐出這兩個字。

我放著我的小菜後，想說不坐下也太不大方了。

「不好意思呀！」我心裡想，反正你不是我的菜，最多就是不理你就是了。

偷米的面前放著幾盤小菜。

「想吃可以一起吃……」他很客氣的比劃著。
「不了。不、是、我、的、菜！」
偷米冷眼看了我一下。

第九話

我愛追夢人

偷米可能覺得熱臉貼冷屁股，於是開始一言不發的吃起自己的麵。

我吃了兩口小菜之後，忽然想起了我覺得很重要的事情。

「那個……昨天後來怎麼了……」

「什麼怎麼了？」偷米依舊是專心的吃著麵，看都不看我。

「你女朋友呀！後來有解釋清楚了嗎？」我其實有點內疚的。

偷米這時一把將碗公整個拿起，喝了一大口湯。

「沒什麼好解釋的，她要誤會，那就分手，反正男女朋友分手也不是什麼大不了的事情……」

「是這樣嗎……」我還想著前幾天被分手的慘劇，沒想到他這麼輕描淡寫。

這時候我才注意到他，一身西裝打扮，鬍渣也剃掉了，頭髮整理得很有型，活像是時尚雜誌裡面的日本上班族。

「你上班都要穿西裝喔？」其實我難免還是對於未來老公這個點會好奇的。

「是呀，很奇怪嗎？」

「我只是在想，你不是那種陽光青年對吧？我指的是像穿著牛仔褲抱著吉他，或是喜歡拍東西、想當導演，不願意為了五斗米折腰那種……」基本上，那是我自己喜歡的類型。

「不是！」偷米挾了口小菜往嘴裡塞。

「你不喜歡音樂？」我很驚訝，因為我不能接受我未來老公不聽音樂。

「不喜歡！」

「你不聽演唱會？」我眼睛幾乎是瞪大了。

「不聽！」偷米還是自顧自的吃著小菜。

「…………」我有點詞窮了。

「還有問題嗎……」

我又想起了昨晚的女人。

「你交過多少女朋友呀……」

「妳說呢……」偷米眼睛似笑非笑的看著我。

「這樣吧……」我舉出了二的手勢，因為那是我可以容忍的最佳範圍。

「哇，這事情妳倒是猜得很準。」偷米笑了，那笑容很好看。

「真的喔，你只交過兩個嗎？」

「兩個？別傻了，這年頭有這種人存在嗎？我是說約莫二十個女朋友……」

我不想講話了。

這和我理想中的男人根本就不一樣呀，我怎麼可能和他交往呢，又怎麼可能和他結婚過日子。

「那……二十個女朋友都是怎麼分手的呀……」

「除了昨晚那個，其他的都是我提分手的。」

「你怎麼這樣呀？」我真的有點不高興了，雖然這明明沒有我的事情。

「怎樣？」

「你不知道和人家提分手對別人很傷嗎，女孩子會很難過耶！」說著說著我的眼裡，彷彿有了淚水。

偷米看著我，表情呆然，我想他是認為他自己遇到了神經病吧。

「妳吃完了沒，我要走了。」偷米整理了自己的公事包，看來是受不了我了。

「再見，我正要開始吃呢！」我故作瀟灑的揮揮手要他離開。

這時候麵店門口走過了一群人，約莫有三男二女，穿得都很時尚，看得出來不是演藝圈就是傳播圈的人。

我眼睛很銳利，一眼就看出了其中有一個是華人歌壇的創作才子 David。

「是……David 耶！」我不禁傻笑了起來，正打算衝出去要簽名的時候，David 往麵店這方向看來，一臉驚訝的走了進來。

「Tommy！你不是 Tommy 嗎？穿成這樣我都認不出你來了！」我整個嚇到，沒想到偷米竟然還認識大明星。

「好久不見……」偷米看起來，似乎不想和對方有什麼牽連，低著頭一副想盡速離開的樣子。

這時候 David 看了看麵店裡面，再看向偷米。

「還是吃麵呀？十年前我們吃麵，現在怎麼你還在吃麵！」不知怎麼搞的，這時候 David 的嘴臉讓人看起來很不舒服。

偷米沒有回答。

「不過也是啦，麵店的確很適合，放棄夢想的人來吃。有空來找我，十幾年朋友，我帶你去吃好的。」

我聽不下去了。

「關你屁事呀！這間麵店很好吃，你不知道嗎？」我在座位上站了起來，大聲喊著。

這時候我斜眼偷瞄到老闆娘面露讚賞的表情，我順勢面對她，做了個V字型的勝利手勢。

「你女朋友呀？」David上上下下的打量了我一會兒。

「果然品味都變了呢！」

David貼近了偷米的耳邊，輕聲說著。

「你的人生……果真就是如此而已了……哈哈！」說完之後，一群打扮時尚的人，簇擁離去。

我看到偷米的表情很不好看。

雖然我不知道他們兩個有什麼過節，不過，我想應該是認識很久的朋友了吧。

偷米一言不發的快步走出了麵店。

而我趕緊追了出去，正打算掏錢給老闆娘的時候，老闆娘示意我不用給錢，要我趕緊追上去。

果然可愛的人還是會得到比較多的疼愛呢！

第十話

叫我第一名

我大概跑了一個路口左右，就看到了偷米的背影。

「偷米……等等……等……」我邊大聲喊著邊喘著。

而偷米也聽到了我聲音，背影停在了我的面前。

「呼……你朋友…講話……都很不客氣耶！」很喘。

「也還好，他說得也沒什麼不對。」

「呼……可是我有聽到一句……放棄夢想什麼的，對嗎？」我還是很喘。

「………」偷米沒有回答，看來這話是真的了。

「如果……以他現在的事業看來，你們兩個當初追逐的，應該是類似的夢想吧？」

偷米依舊不搭腔。

我心裡想著，果然，這樣下去的話，他才會有可能是我喜歡的人呀，才有可能變成我老公吧，不然沒有夢想的人，我怎麼會喜歡呢？

「既然是這樣的話，你應該還是可以重新拾回你自己的夢想呀，雖然我不知道是什麼東西啦，但是只要你有心，我相信皇天一定不負苦心人，你的夢想總有一天會實現的。你知道嗎，追逐夢想的男人很帥的，排除萬難、不顧一切，目標只有夢想，這樣的男人，就像是會發光一樣，旁邊的人都會注視著他，都會覺得……」

「夠了！」偷米的這句話，讓我的寒毛直豎。即便是昨天晚上我私闖他家，他都沒有像現在一樣話中有殺氣。

「……對不起……可是……我說得也沒錯呀……」我最後幾個字的聲音，基本上是漸弱的。

「我不需要夢想，好嗎……」偷米看起來像是陷入了一種思緒當中。

「人怎麼可以不需要……」我還想講。

「好了，妳走開好嗎？」偷米不旦打斷了我的話，還試圖要我離開。

「……好！」麵店外面離我家不遠，我不想再與這個人說話，默默的往公寓走去。

我想，我和他的樑子越結越大，不太可能交往了。

晚上，在我的房間內。

我一直思索著，其實偷米這個人根本和我看到的不太一樣，但是我真的不了解，他的過去或是他的心中有什麼打不開的結。

雖然好奇，但似乎已經沒什麼機會再與他接觸了。

小那和心筠不在的星期一晚上，我最好打發時間的事情，自然是上網，而且我的基本配備是，一盤寂寞與紅酒一瓶。

想著偷米的事情，也連帶的讓我想到了David，這樣一個知名歌手，怎麼會對偷米講出那樣的話呢？

心頭一轉，我立刻上網查詢David過往的資料，一路上查了下來，不但從他出道以至於後來在歌壇上得獎，每一筆紀錄都非常詳盡。

在某個瘋狂歌迷的部落格上面，我看到了David出道前在校園比賽的照片，而且根據這個宅女的收集資訊，David曾經說過，他最難過的一件事情，就是在這個校園內的比賽裡面，輸給了別人，而成為了第二名。

宅女收集得很仔細，竟然連當初的照片，她都放了上來。

仔細一看，我張大了嘴巴。

我看到頒獎時的照片，那個校園冠軍的臉，赫然就是偷米。

「這……叫作不喜歡音樂……不聽演唱會……？」

這時候我發現我的心中，似乎喜悅多過了驚訝，而對偷米的感覺，似乎也有了微妙的改變，只不過，我還是不能接受，他會是我未來的老公。

LINE上忽然有人敲了我。

「Miki！還沒睡嗎？」一看暱稱，是阿關。

「沒呀。」

「妳住哪裡呀？」

「南京東路上。」

「怎麼還不睡……」我不好意思和阿關說偷米的事情，這才想起我的晚餐，根本沒吃幾口。

「喔，因為很餓啦，想說要不要去買個東西吃……」

「喔喔，我離妳家很近，我買過去給妳好了！」

這麼好。

「不好意思啦……」

「沒關係，我現在過去。」

我感到有點受寵若驚。

灌了一大口紅酒之後，我的意識有點漸漸的飛遠了，這個所謂的未來老公，到底之後與我的關係會變成如何，其實我現在倒不是太在意。只不過，我希望他可以找回自己的夢想，這樣的話，我也會很開心。

隨著幾杯紅酒接連下肚，我漸漸的睏了。

沒多久，我的電腦開始休眠，而我，也已經倒在床上進入了夢鄉。

第十一話
第二次完結篇

早上出門的時候，門口的塑膠袋讓我嚇了一大跳。

那是一袋裝滿了滷味、雞排等，超級增胖的食物。

我豁然想起，昨晚我和阿關說的話。

「他真的買來了耶……」這人也太好了吧。

不過這個事件在我的星期二上班生活中，並沒有產生什麼太大的漣漪。我滿腦子想的還是偷米的心理障礙，不過阿關的分數加一分倒是真的。

「我昨天買過去的時候，按電鈴都沒有人出來。」果然，阿關的訊息立馬來了。

「不好意思，那是因為……」我很想說其實我沒有那麼想吃，可是你自己買來了。

「沒關係，妳應該是太累睡著了，下次我再買過去給妳。」

這人，也太好了吧。

「謝謝……」除了這句話之外，我無言。

隨後我看到了阿關的視窗下方，不停的出現「阿關正在輸入訊息」的字眼，只不過過了五分鐘左右，還是沒有任何字眼跳出。

不會是寫一大篇文章給我看吧？我這樣擔心著。最後，終於出現了幾個字。

「晚上要一起吃飯嗎？」原來如此。

這時候我腦中跳出的卻都是麵店的畫面。

「不了……我有約了，謝謝！」不知怎地，我直接的拒絕了。

我想，阿關應該會有點難過吧。

下了班後，我看著自己的手錶，對照著昨天晚上吃麵的時間，故意的走到『老王牛肉麵』店去。

從門口能夠看到店裡面的角度有限，因此我必須從左邊探頭看進去右邊，從右邊探頭看進去左邊。

雖然應該還是有死角的部份，但是在我看得到的範圍內，我都沒看到那位仁兄。

我不死心的左右晃了好幾次，老闆娘的臉忽然入鏡。

「帥勾（哥）沒來啦，妳要出（吃）men（麵）嗎？」老闆娘的台灣國語讓我聽得很是尷尬。

「要出 men 要出 men，我才不是來找男人的……」

莫名奇妙的，我連吃了兩天麵。

晚上回到家以後，我再度的將昨晚存檔的資料調了出來，看著偷米拿到第一名的照片，那笑容，和現在做業務的他，根本判若兩人。

我不能想像原本是我理想中的追夢青年，怎麼現在會變成了世俗中的花花公子。

「叮咚！」有意思的是，未來老公在這時候來信了。

寄件者：偷米

寄件主旨：複雜的背後叫做單純

Dear Miki：

我想，我們兩人應該已經開始了印象不好的第一類接觸了。

我猜想，現在的妳對我一定是充滿了壞想法，但是我真的要告訴妳的是，複雜的背後，都是出自於單純的想法，如果妳願意深入了解我，我們前面的陣痛期，一定會縮短不少。

不吵妳了，小偷米正在哭著找爸爸，我去照顧我們的兒子了。

愛妳的老公偷米

這種信看多了真的會神經錯亂。

明明現實生活的他那麼的冷淡，十年後寫來的信，卻又那麼的甜，叫我應該要怎麼面對他才是呀。

不過我相信他信裡面說的，偷米心裡的確藏著不少祕密。

在床上翻來覆去的我，怎麼樣都揮不走他昨天的神情，忍不住綁起頭髮，穿上外衣，往隔壁大樓前去。

一到了偷米家樓下的大廳，警衛人員看到我，微笑的說著。

「先生已經先到家了喔！」警衛親切的比著手勢指向樓上。

我尷尬的趕緊閃進電梯，原來我的臉已經被冠上「某某太太」的標籤了。

到了偷米家門口，我緊盯著地毯，心裡想說，這次來了，就光明正大的進去，反正我又不是小偷。

「叮……」門鈴聲大響。

隔著門，我聽到偷米的聲音。

「門沒關，進來吧！」

我帶點不好意思的，推了門走了進去。只見偷米圍了件浴袍，頭髮還濕濕的坐在沙發上。

「是妳？」偷米見了我，表情很怪異。

「……ㄟ……對呀，是我……」他根本看起來很好，我還是覺得我是笨蛋。

「找我有事？」偷米的態度還是不太熱絡。

我緊抿著嘴唇，想要把心裡面的疑惑一口氣吐完，卻又怕達到反效果。

掙扎了一會兒之後，我終於脫口而出。

「你為什麼要放棄夢想？我知道你在校園比賽時贏過David……」

偷米看著我，眼神有點空洞。

「就為了這件事情來找我？」偷米有點不解。

我點點頭。

他站了起來，打開了紅酒瓶，倒了杯紅酒放在吧檯上，有點欲言又止。

「因為我媽……」偷米看來有點憂鬱。

「你媽？」

「畢業那年，我媽得了癌症，David他們紛紛去參加選秀比賽，或是加入經紀公司，但我不行，我立刻找了薪水最高的廣告業務工作，只為了醫我媽的病……」

偷米喝了口紅酒。

而我似乎也漸漸地懂了。

「可是，你媽的病醫好之後，就可以恢復夢想了呀……」

我看到偷米的眼眶泛著淚，我的心裡也不自覺得難過了起來。

「……我媽的病醫了六、七年，她在三年前過世了……」偷米的聲音，漸漸的哽咽。

我看著他這樣，想起了他信裡面寫的——複雜的背後叫做單純，我不自覺得走了過去，想要抱住他、輕輕拍著他的背。

沒想到這時他一把抓住了我，近距離的和我的臉面對著。

「妳真的相信這故事嗎……」我們兩個人的臉近得鼻子都快要碰到，而他講話時吐出的紅酒氣息，不停的撲打在我的臉頰上，令我的臉龐陣陣泛紅。

「你騙人的嗎？」我看著他的眼神，不知怎地身體的力量好像快要消失，很自然的，我竟然將眼睛閉了起來，似乎在期待著他做下一步動作。

我的心跳快到聽不出頻率。

忽然，門鈴響了。

「叮……」

隨著門鈴聲，我們兩個緩緩的拉開了距離，偷米走到門邊一開，我看到了一個風塵味很重的女人。

「先生，我可以嗎？」女人面對偷米第一句話就詢問滿意度。

偷米急忙將門關起。但當我串聯起這一切，我已經了解這是怎麼回事了。

剛洗好澡的偷米、風塵味的女人，以及曖昧的疑問句，我真後悔我自己笨到相信這一切，什麼未來老公，什麼癌症………

我連婚前性行為都不能接受，而他竟然還嫖妓……

「再見！」我急忙的甩了門、按了電梯、衝進電梯、關上門。

一回頭我才發現，我和那位風塵女子坐同一部電梯一起下了樓，她竟然還尷尬的對著我笑了笑。

經過今天的事情，我可以肯定，我與他之間，今天就是完結篇，沒有待續。

絕對。

第十二話

夢想與機率

當我躺在自己的床上看著天花板時，我知道我的眼淚是流不停的。

這就像是高中時期綁了馬尾被男生騙了一樣，好事情永遠都輪不到我，不然就是輪到我的，都是騙人的好事情。

接二連三的電子郵件，讓我就輕易的相信這種愚蠢的事情，然而有點常理的人都知道，誰都可以匿名寫這樣的信來欺騙我。

我會這麼容易上當，只是因為我太不聰明，太寂寞了嗎？

明明我設定的條件，就是不與交往過兩個以上的男人交往，不與主動提分手的男人交往，不與婚前性行為（更別說嫖妓）的男人交往。

我何苦還一直自找苦吃呢？

只是看著天花板，不知怎麼地，眼淚就是大口徑大口徑的噴，像是連發彈一般，完全止不住。

比照以往我交往過的人，都是我先觀察過、認識過，了解到符合我條件之後，我才開始深入，但是這一次，也不過才三天，我卻對剛剛他抱住我的感覺，感受那麼強烈，那是之前發行好人卡的壞人們，都無法給我的體驗。

也好，我心想，在小那和心筠回來之前，結束這種鬧劇，還是比較合理。

「叮咚！」忽然我們家大門的門鈴響了。

雖然知道可能性很低，但我竟然期盼來按門鈴的是偷米。

我急忙的擦了臉，開了門。

阿關。

「Hi，這時候妳應該還沒睡吧……」阿關戴著眼鏡的臉，看起來非常稚嫩。

「你怎麼來了？」

「給妳吃……」阿關提起了一碗豆花。

我這時候才真的感受到，這個男人，對我很好。

「謝謝！」

「ㄟ，不會……」阿關靦腆的笑著。

「那，我走了……」阿關轉頭就要離開，卻被我一把抓住。

「都來了，喝杯東西吧。」

坦白講，我覺得自己有種填補空虛的罪惡感。

阿關則顯得非常開心，很快的脫了鞋、進了屋，在客廳沙發上坐了下來。

在我倒了杯可樂給阿關之後，我似乎移情般的問了些問題。

「阿關，你有夢想嗎？」

「……嗯，有呀！」

「你認為有夢想的人如果放棄了，是不是很糟呢？」

「嗯……很難說……」

「怎麼說？」

「要看他放棄夢想的原因為何？」

我第一次覺得阿關講話，有成熟的味道。

「像我大哥，原本希望當大學教授，可是高中畢業後，他雖然考上師大，但家裡沒錢，於是他開始開計程車，只為了讓我們幾個弟妹可以順利讀書……」

「……可是他如果繼續堅持下去，他也可以讓你們過好日子呀……」

「那是機率的問題。」

「什麼意思？」

「追逐夢想的確可能大有成就，但也有可能什麼都沒有，在過程中，也有可能照顧不到別人，為了讓弟妹們不跟著吃苦，大哥選擇了安全的作法。」

「…………」這種解釋和我想的一直不同。

「我認為，為了現實犧牲自己夢想的人，比起一路追逐夢想最後成功的人，更值得人尊敬。」

不知怎麼地，我又想到倫米，雖然現在的阿關講出這番話看起來很有魅力，但我無法確認倫米說的事情是真的還是假的。

「阿關你沒有女朋友嗎？」

「啊？怎麼可能有，我算是宅男吧……」阿關的臉有點紅。

「你交過女朋友嗎？」我問。

「一個，最後被她甩了。」叮咚，阿關的條件一下子符合了不少。

「你們有上床嗎？」

阿關被我問得可樂差點噴出來，咳了好幾下之後，才勉強恢復正常。

「婚前不上床，我信教。」

我歪著頭看著阿關，忽然在想，如果未來老公的信是他寫的，那麼這一切，不就會是那麼的順利嗎？

「我知道 Miki 有交男朋友對吧？」

「你從哪裡知道的？」我微微驚訝。

「有同事有看到過啦！」阿關故作輕鬆說道。
「喔……那個……分了啦！」他說的應該是好人卡那段吧。
「真的嗎？」阿關看起來有種欲蓋彌彰的喜悅。
「……這不是好事吧？」我冷冷的回應。
「不是不是，太晚了，我先走了……」阿關忽然整個人看起來心情很好。
我送他到了門口，阿關很興奮的穿著鞋。
「那，我先走了，妳如果有想要吃什麼，都可以和我說。」
「嗯……」
看著阿關離去的背影，我對於自己的思緒，無法掌控得就像是斷了線的氣球般，往積雨雲低沉的天空飄去，飄去，遙遙不知目的………

第十三話

一則以喜、一則以憂

遲到了五分鐘，我急忙的跑進辦公室，還好小主管也還沒進來。

我安心的坐在自己的座位上，卻看見電腦前面，放了一份早餐。

「我今天先買西式早餐，如果妳吃不慣，明天再換中式的。」

開機後訊息跳出來的是阿關體貼的問候，遲鈍如我，在這一刻也知道了阿關的心意，尤其是在昨天晚上他得知了我目前沒有男朋友後的這些舉動。

「謝謝，這樣的早餐就很棒了！」

「（笑臉）」

不知怎麼地，我的臉紅了。

可能是我覺得自己不知道什麼地方會討人喜歡，所以每當真的有人對我好的時候，我反而尷尬了起來。

「Miki，週末可以去看電影嗎？」阿關的攻勢看來連綿不絕。

我看著鍵盤，心裡猶豫了起來。

我非常清楚如果是平常的我，我一定會很爽快的回答他，畢竟看看電影、吃吃飯，對一個單身的女生來說，是再平常也不過的事情了。

但是，我知道我心裡有點窒礙。

看著鍵盤好幾秒之後，我爽快的打下了我的決定。

「好呀！你再來接我吧！」

「耶!!」阿關連續用了好幾種開心的圖案，可以想見他的喜悅。

我自己心中的某處，卻有種落寞，但很快的就說服自己，也許這個人才是真正適合自己的，畢竟目前為止，他的條件都符合我的理想。

什麼未來老公，偷什麼米的，全部都給我閃到一邊去吧。

我決定迎向自己真正的幸福。

晚上下了班，到了家門口後，我已經聽到宿舍內傳出的吵雜聲。

我趕緊推開門。

「心筠，那姐！」我一進門就看到兩人已經吃起晚餐，而且看得出來小那又展現了她精湛的廚藝。

「美紀回來了！」兩人高興的叫著。

「趕緊過來吃飯，我弄了妳們喜歡吃的義大利麵。」

「太棒了，耶耶！」我高興的跑過去將小那一把抱住，這幾天沒有她們的生活，真是太寂寞了。

「我幫妳盛。」心筠則是體貼的幫我弄了一大盤義大利麵，加上了我最愛的蛤蠣。

「太好吃了，我真想哭，那姐的手藝真的是無人能比。」我作勢假裝想哭，又惹得小那一陣狂笑。

「那我不在這幾天，妳都吃些什麼？」

「ㄟ……」隨著小那的問題一來，我的思緒，又回到了『老王牛肉麵』的場景。

「隨便吃，隨便吃吃……哈……」

我趕緊假裝看電視，這幾天的蠢事情，我不想再讓她們知道了。

不過兩位室友可以回來，真的讓我感覺好高興，我甚至認為，以後就算不結婚，我們一直這樣過下去，也是很好。

「那姐，如果我們三個人到老，也這樣一直住在一起就好了，呵呵……」我傻傻的開著玩笑。

小那的臉色卻微微的變了一下。

「怎麼了？」心筠很快察覺了。

小那攪拌著盤上的義大利麵，說出了讓我們兩人驚訝的話。

「其實，我老家的男朋友，向我求婚了。」

「真的嗎？」我驚訝到有點破音。

「那不是太好了嗎？」心筠的聲音也很興奮。

「……結婚後，我就要搬回豐原，不會住在台北了……」

原來如此。

「所以，我們就要分開了，不能住在一起了……」我雖然很清楚，只是想到要和姐妹淘分開，還是有點難過。

「預計幾月結婚？」心筠問。

「大概再兩個月吧，飯店都訂好了，到時候，妳們一定要來參加喔……」小那說的有點平淡，但我知道，她心裡也想留在台北，和我們一起生活。

其實我認為，小那難過的不只是不能和我們一起，而是她給自己留在台北打拚的時間，一年一年的過去，對女人來說，似乎不能無止盡的給自己衝刺的時間，必須在時效之前，將自己販售出去，否則商品過期了，是會被下架的。

「我們當然會去呀，還要去當伴娘！」心筠笑著說。

然後似乎是要轉移這個傷感又幸福的話題，心筠說起了自己的事情。

「這趟回老家，我也看到了很多老朋友結婚有小孩，因此我自己這趟回來，也下定了決心……」

「下定決心生小孩？」我打岔的說。

「不是啦！下定決心追求那個我暗戀的人……」心筠說的自己臉都微微的紅了。

「真的嗎真的嗎？到底是誰，我好想看喔！」我起鬨著。

心筠抬頭看了一下客廳牆上的鐘。

「想看嗎？也許看得到喔！」

三個女人像小孩子一樣，手牽手跟著心筠下了樓，出了公寓門。

「以我前一陣子的觀察，他似乎都會在這個時間到這裡吃東西……」心筠興奮的說。

而我們三個人的腳步，停在了『老王牛肉麵』門口邊的柱子旁，心筠則是用手指著麵店，不停的往裡面偷瞄著。

我的笑容，在這個時候僵硬了。不安的預感，緩緩的籠罩了全身。

第十四話

我要改變未來

心筠探頭看了幾下。

「真的在！」心筠高興的叫著，而我臉色微微的變化著，往裡面看去。

「不是不是不是不是……」我的心裡不停的禱告著，跟著一同探頭進去。

就是偷米。

我的心裡，像是被當場一棒敲昏。

「好了，走吧走吧！」心筠則像是小女孩似害羞的抓起我和小那的手，匆忙的離開了麵店前。

「很帥耶，心筠，妳的眼光真不賴，對吧？Miki！」小那開心的說著。

「對呀……對呀……」暈頭轉向的我含糊不清的應著。

「聽完了小那的幸福事之後，我也決定了，我要開始追求我自己的幸福，我要當一個主動的女人，我要改變自己的未來！」心筠一路往前跑，簡直就像是已經追到手的樣子。

我用力的讓自己的臉呈現笑容，然而緊繃的笑容下，有說不出的滋味。

這感覺就像是插第一刀還沒死，為了保證這個男人絕對不可能和我在一起一樣，繼續插上第二刀、第三刀，一定要插到死為止……

也許，月老搞錯了；也許，郵差凸槌了；也許，那些信是要寄給心筠的……

「叮咚！」藉故不舒服躲在房間的我，卻在這時候又收到了信。

寄件者：偷米

寄件主旨：我是妳未來最重要的人

Dear Miki：

我都不知道我們在妳的時空裡，已經進行到第幾階段了，我已經上了第幾壘了，只不過在十年後的這邊，我剛和妳做完愛做的事情，而妳正在浴室洗澡。

也許現在妳正遇到膠著的狀態，但是別擔心，相信我，音樂會解決我們之前的所有問題，期盼妳朝我們兩人的幸福方向前進。

愛妳的老公偷米

又是這種不清不楚的內容。

夠了，我受夠了這樣的玩弄，如果真的是我老公，為什麼不直接告訴我，我們之間會怎麼繼續、會怎麼進行、會在何時接吻、會在何時交往？

不要老是寫這種令人難過的字句，雖然只有短短幾天，但我知道這男人的確很有吸引力，但是那又如何？他沒有一項條件符合我的需求，現在又加上心筠暗戀他這點，我說真的，不管怎麼樣，我都不可能與他交往了。

因此，拜託，不要再寫這種信來了。

我氣的將滑鼠往桌上丟，卻看到 LINE 的視窗。

「Miki，週末的電影，妳想要看哪一部呢？」阿關。

我真懷疑他是否每天就在電腦前面等我。

「……」我無語，看著阿關的文字，我告訴自己，我要改變未來。

「你決定就好，我都可以。」

「好呀，那我先去買票，再去接妳……」

「嗯……」

「妳喜歡吃爆米花嗎還是熱狗？」

不知怎麼地，阿關的話，雖然都很體貼，但卻有點煩人，就好像是針一樣，每一次微微的刺我一下、刺我一下，不是太痛，但是刺多了，我竟然快要受不了。

「還是我們買滷味進去？」

「阿關，我睏了……」

「喔喔，好……那妳趕快休息吧，我不吵妳了，晚安。」

不等阿關的話說完，我已經將他的視窗給關閉了。

我知道這樣對阿關不公平，但是現階段受了嚴重內傷的我，需要沒有人打擾然後靜靜的復原和療傷。

我緩緩地，又叫出了那張偷米與歌手David的比賽照片。

愛唱歌的偷米，校園風的打扮，如果中間沒有其他事情的話，我知道，我會愛上他的。我也告訴自己說，未來如果我是他的老婆，應該也挺美好。

只不過，一個油頭的廣告業務，一個分手不眨眼的魔頭，一個召妓不臉紅的偽君子，外加上是我姐妹淘的夢中情人，這男人再怎麼樣，也應該徹底地遠離我的愛情象限裡面。

我的眼眶裝滿了淚水，輕輕點了滑鼠的右鍵，再輕輕點了左鍵，刪除了這張僅有的偷米的照片。

再利用寄件者名稱排序，將偷米從未來寄給我的這幾封信，一併叫出，我一口氣，將全部的信件，一次刪除。

只不過我的眼淚，卻不受控制的往地面掉。

可笑的是，這根本連戀愛都談不上，而我卻已經為了人家，掉了好幾次眼淚。

如果這段感情，真的是老天要我接受的，那麼，我今天在此宣誓，我衷心的感謝，但是，我決定不再接受命運。

如果這是既成的事實，我決定，我要改變未來。

我站了起來，面對著我牆上的鏡子。

「我的未來老公，是個工程師……我的未來老公，是個工程師……我的未來老公，是個工程師……我的未來老公，是個工程師……」

我相信我的潛意識，已經被我自己催眠了。

第十五話

我最愛的人事物

電影散場的時候，我的腦子似乎有點空白。

《**我最愛的人事物**》是這部悲劇的片名，但我卻哭不出來。

一個因為失敗而躲進去潛意識裡面的男人，因此喪失了記憶。女朋友為了喚醒他，不斷的用他最喜歡的事物刺激他，男主角卻一直無法恢復記憶。女主角一方面不斷的用特殊的事情刺激他，另一方面，一個從多年前就愛著女主角的男人，卻在她身邊不停的追求。

最後，女主角的心意漸漸的改變，決定接受男人的追求。只不過，就在女主角和男人來到男主角面前，要向男主角告別的時候，男主角終於醒了。

這個最大的刺激，才真正讓男主角從潛意識中走出來，恢復了記憶。女主角因此得知男主角最愛的果然是自己，只不過，女主角已經答應男人的求婚。

走出戲院後，我沉默著。

「很感人耶！」阿關竟然流了眼淚，真是個真性情的大男孩。

「對呀……」只是我似乎有點心不在焉。

「人真的都是這樣，一定要受到刺激，才會改變。」阿關自顧自的說著。

「對呀……」我依舊敷衍。

「妳最喜歡什麼呢？Miki？」

有夢想的人。

「……」我沒有回答。

阿關看我不說話，也不再發問。走著走著，我們兩人經過了巨蛋體育場的門口。

晚上似乎有著大型的演唱會，因為外面的人已經大排長龍了。

看到這種場景，我的心情稍微的興奮了起來。只是，想到了不該想的人，瞬間又低落了下去。

「先生、小姐，要買票嗎？一張兩千五，前排的喔！」冷不提防，黃牛就在我們面前竄了出來。

「不需要，謝謝！」阿關立刻拒絕。

我抬頭一看，體育場的上方掛著碩大的招牌，那是歌手 David 的巨型海報。

原來今天是他開演唱會呀！

為了不想繼續勾起不好的念頭，我決定要離開這邊。

「阿關，我不太舒服，你先送我回家好嗎？」

「喔！好好。」阿關殷勤的叫了計程車，一路前往我南京東路的家。

「需要什麼刺激呢……」車上，阿關呢喃著。

「什麼？」

「我是說，需要什麼樣的刺激，妳才會走出不高興的潛意識呢？人的心境轉變，一定需要點刺激的。」

「……」我有點不好意思，阿關一直在關心我。

「我一定會找出來的。」阿關笑著。

計程車在我公寓前停了下來。

「好好休息！」阿關在計程車上說著，之後便離去了。

「需要什麼樣的刺激呢？」我口中重複著阿關的話，忽然，我像是想到了什麼似的，著了魔的奔跑了起來。

我立刻搭了計程車回到剛才的體育場前，找到了剛才的黃牛，買下了兩張半小時之後的演唱會的票，接著我又立刻搭著計程車趕回我家。

事實上我是衝上了偷米的家。

站在他家門口，我直喘著。

「我似乎又做了很笨的事情耶？」我心裡對自己這麼說著。

「不過就算他之後和心筠在一起，如果他可以找回自己的夢想，也是好事吧！」

我按了幾下電鈴。

沒人。

再按，還是沒人。氣喘吁吁的我，不禁虛脫了，整個人癱在他家門前。

「唉，我真笨，也不確認他在不在家，就自己擅作主張……」

我蹲坐在南京東路五段四Ｏ五號八樓門口，看著自己的皮包。

「一口氣又花了五千元，接下來一個禮拜只剩下兩百元可以用了，唉……」

垂頭喪氣的我按了電梯準備下樓，一開電梯門，就碰上了偷米。

「妳在這裡幹嘛……」看起來他是剛回家。

我一看手錶，一急，拉起他的手往電梯裡面衝。

「跟我走！」到了一樓，出了電梯，我立刻拉著偷米上了計程車。

「去哪裡呀？」偷米則是一頭霧水。

「巨蛋體育場。」我對著司機說。

沒多久車子到了目的地，一下車我就一路拉著偷米往樓上跑，經過了剪票口，進入到了看台區。

「是什麼呀？」偷米一副不解的樣子。

還好，我們趕上了演唱會開場。

這時體育場內一片黑暗，全場鼓譟著，人聲沸騰，人人齊聲喊著David的名字。雷射燈光劃破屋頂，隨後直接打在舞台上的布幕，布幕上投射出David的影像，隨著低音貝斯的前奏，David的歌聲一出，全場的鼓譟頓時安靜了下來，一小段演唱完畢，現場又是一陣無法遏止的喝彩。

我偷偷瞄了偷米一眼，我發現，偷米的眼神變了。

一分鐘過後，布幕拉開，電吉他以及其他樂器一併加入，整個現場燈火通明，真正的開場演出拉開序曲。

全場歌迷興奮的大聲合唱，而 David 則是一身舞台勁裝，在前方賣力的演唱著。

偷米的眼睛動也不動，絲毫沒有離開過舞台。

而我則是不停的……偷偷觀察著偷米。

是否，這就是偷米的刺激呢？

整場 David 換了好幾套衣服，一下子搖滾、一下子抒情，每首歌都是他這幾年來的代表作品，聽得全場觀眾如痴如醉。

一個半小時過後，偷米忽然回頭對著我說。

「走吧，等到散場時就麻煩了。」

我點著頭，和偷米漫步走出了體育場，我看不清楚偷米的表情，也不知道他看完演唱會之後的感覺如何？

第十六話 唱首歌來聽聽

我和偷米走在南京東路上，他一言不發。

我感覺到他似乎帶著點不高興，不禁後悔自己又做了傻事。

「對不起啦，我不是故意要讓你不愉快的……」我試圖緩頰。

偷米依舊不吭聲，一路往前走著。

我跟在偷米後面，頭低低的，也不太敢講話了。

忽然我撞上了偷米的背後，原來，他忽然停了下來。偷米站在路邊，往旁邊的櫥窗盯著，我才發現，那是一家樂器行。

偷米看了很久。

「你會彈吉他對吧？」我問。
「嗯……」
「家裡有嗎？」我問。
「沒有……」
我抿了一下嘴唇，下定了決心。我認為送佛送上天，這才是朋友間的義氣。
「你等我一下！」我要偷米在店門口等著，我則是衝入了樂器行。
我拿出了我僅有一張信用卡，交給了店員。
「麻煩給我一把最便宜的吉他。」不要罵我，因為禮輕情意重嘛。
沒多久，我背了把吉他出來。
「走吧！」我叫著似乎傻掉的偷米，因為他看起來就是遇到一個瘋子似的。
一邊走著，偷米還是沉默著。
「……買吉他……幹嘛？」偷米問。
「我請你看了演唱會，我想要你教我彈吉他，可以嗎？」

「……」偷米再度無言。

一直到了他家樓下。

「那……妳要今天學嗎……」偷米問。

「好呀！」當然，我才不想學吉他。

我和偷米走進了他家大樓，門口警衛一看我倆，笑得合不攏嘴。

「逛街呀？」警衛笑嘻嘻地。

「對呀對呀！」我趕緊尷尬的回覆，拉著偷米進了電梯。

「很熟呀？」偷米指著警衛問我。

「怎麼會！根本不認識……」我一臉尷尬。

沒多久進到了偷米的家中，偷米倒了杯茶給我。

「謝謝。」

「上次不好意思……」偷米笑著。

「我不需要向妳解釋，但，那是我工作範圍之一。」

皮條客？我傻眼了。偷米看到我的表情，繼續解釋著。

「我做的是電視台的廣告業務，因此需要和客戶保持很好的關係，某一些大企業的第二代，都是我常常出去應酬的對象，他們都很愛玩……」

「說起來難堪，他們喜歡叫女人，可是又怕來的是不漂亮的小姐，因此……」

「因此你要先幫他們鑑定，之後再叫去客戶房間？」我懂了。

「嗯……」偷米點了頭。

這算哪門子工作內容？

「我去換個衣服。」

偷米跑到樓上去之後，我這才真的有時間，好好的看看這個房間內的擺設。

我看到了偷米年輕時候與一個女性的照片，可以想見那位就是他的媽媽。

「那是我媽。」偷米已經換好衣服下樓了。

「對不起。」我想起了偷米上次和我說的事情。

「不用，上次是騙妳的……」

「……」我整個傻眼，我真的太好騙了。

「不過，我母親過世了也是事實。」偷米坐到了我身邊的沙發上。

「因為……我媽是個賭鬼，欠了一屁股債，在我大學那年，就常常有債主上門，因此我必須要趕緊打工，才可以應付她突如其來的債務。」

「畢業那年，就是你看到的比賽那天，我拿到了冠軍，但是我媽，在路上被流氓砍了，傷得很重。我到處借錢，才讓我媽活了下來，但是，已經半身不遂。」

「為了還醫藥費，我一畢業就從事廣告業務，每個月都要償還債務，還要付我媽的醫藥費……」

「做久了……什麼夢想都沒了……三年前我媽過世了，但是我已經習慣這樣的生活了……」

我猜得到。

但是我不高興，這不該是放棄夢想的藉口。

「這怎麼彈呀？」我自顧自的拿出了吉他，故意轉移話題。

「……給我。」偷米一把將吉他接過去，開始純熟的調著音。

不一會兒，偷米已經可以刷出正確的音色，正準備要教我如何彈奏。

「唱首歌來聽聽？」我說。

偷米看著我，有點傻了。

「快十年沒唱過歌了……」

「唱首歌來聽聽？」

偷米看著我，欲言又止，遲疑了好一會兒。終於，他的手指，輕快的在吉他琴弦上，純熟的跳動著，隨著幾個和弦的前奏，偷米開口唱出了這首歌：

說再見很簡單
心要離開你卻很難
無奈卻只能將思念　感傷　丟向天的那端

說愛你很簡單
要做到愛你卻很難
現實與夢想要如何　衡量　計算才是美滿

愛情不可思議
你讓我無法喘息
你讓我相信這個世上除了自己還有你

愛有一種魔力
你讓我意亂情迷
你是我的唯一　沒人可以代替　JUST YOU AND ME

最後一個和弦音結束後，我的眼淚流了下來。

我從來沒聽過，這麼好聽的歌聲。但是心念一轉，我一想到心筠，我立刻低頭擦乾了眼淚，準備離去。

「妳要走了嗎？」

「很好聽，很好聽！」我拍拍手站了起來。我想，我的任務已經達成。

「嗯！」事實上我已經走到門口了。

「今天謝謝妳，真的！」偷米的這句話，講得很誠懇。

「沒什麼好謝的，如果真的要謝，你要答應我一件事情……」

「啥事？」

「今天以後如果有女孩子向你告白的話，你不可以輕易的拒絕，還有，如果你和別人交往的話，也不可以輕易的分手喔……」

「啊？」偷米一頭霧水。

「答應我就是了！再見了。」我關了門，獨自站在門口，淚水卻又再度潰堤。

我不知道難過的是因為我已經真的愛上他，還是在難過我這個月可支配的現金，只剩下新台幣兩百元……

第十七話
近水樓台先得月

演唱會後的一個禮拜，我覺得好煎熬。

我告訴自己那段笑話已經結束，我不需要再去想關於偷米的事情，而在這個禮拜，那個來自未來的信，也剛好都無聲無息。

每一天我都如同行屍走肉般上班、下班。

而阿關則是按照三餐關心我，按照週一至週五每天早上更換不同的早餐。

不過說起來還好有他，要不然，我還真的很難只用兩百元過完這個禮拜。

阿關更常藉著談公事的理由，下了班後送我回家，某些時刻我自己都覺得，好像我們已經在交往了似的。這樣日積月累的，總有一天我會對他有感覺吧，忽然這句成語跳進我的腦子裡。

正所謂：近水樓台先得月呢。

星期五的晚上，我一回到家，就發現客廳只剩下小那一人。

「心筠呢？」

「房間吧，剛才接了手機後，就神秘兮兮的跑進去了。」

「喔……」

說起來，有時候我很羨慕心筠，她的公司是國內知名運動飲料的大品牌，而能幹的心筠則是在裡面擔任行銷企劃的工作，光是薪水，就快要是我的兩倍了。

也因此，心筠的打扮總是光鮮亮麗。有時候我需要什麼行頭，都還需要向她借呢。

「姐妹們，我需要妳們！」心筠這時從房間內走了出來。

「什麼事情呀？有任何需要幫忙的地方，我們一定是赴湯蹈火，在所不惜的！」小那意氣風發的說。

「是這樣子的，上次我說過那個夢中情人，我要開始展開追求了對吧？」

「是……」小那說。

「現在的情況就是呢…我們公司找上了他們電視台要下廣告，於是我就指定要他來報價，我已經見過他的面了，他叫做Tommy，目前單身。」

心筠動作真快。

「可是，我又找不到藉口要約他單獨出來，所以呢，我就和他說了，我們有幾個美女室友，都是單身，希望可以和他們來個聯誼。」

「……我都快結婚了！」小那說。

「……」我則是緊張了起來。

「因為Tommy他們會來三個人，因此我也答應他，我們會有三個人出席，當然就是我、那姐、還有美紀啦……」

我傻眼。

「……我都快結婚了！」小那又說。

「唉唷，那姐，妳不說的話，根本沒人知道，而且妳男朋友在中南部，不會有人知道的啦！」

「心筠，妳的動作真快呀！」小那說。

「開玩笑！我要是不用公司資源，我怎麼可能這麼快和他有交集？有了工作上的交集之後，接下來才會有發展的空間呀！」

「不簡單！」小那鼓起掌來了。

「好說好說……這就叫做，近水樓台先得月呀！」心筠作揖了起來。

「好的，那麼，明天傍晚，就請兩位和我一起前往餐廳了。」

又是這句？

「什麼？明天晚上？」我大叫。

「明天晚上妳有事情嗎？」心筠問。

「沒……可是，我可以不去嗎？」

「唉唷，美紀，妳都說要幫我了，而且妳自從前一陣子拿到好人卡之後，就再也沒有人追妳了呀，搞不好明天去，會遇到不錯的男人也不一定。」

誰說沒人追……

「可是我……」

「美紀，難道我這麼小的要求，妳都不能幫我嗎？」心筠看著我，一雙大眼睛忽然水汪汪了起來。

「唉……」我無言。

進了房間內，我真的有點慌了。

自從那天晚上之後，就再也沒有見過偷米了，也不知道他是否有比較好些，對於過去的事情開始正面去面對了沒？

說真的，我當然很想見偷米，只不過，如果明天去，看到心筠不停的展開攻勢，而偷米還是那付花花公子樣的話，兩個人應該很容易就會在一起，搞不好明天吃個飯、喝個酒，晚上就會帶去……

啊啊啊……

我越想越煩，本來以為沒事了，沒想到心筠竟然真的付諸行動了，我得趕緊思考，究竟明天我應該要用什麼樣的心情面對他，或是要說什麼樣的話呢？

我應該裝作不認識偷米才對，否則心筠就會覺得我瞞他們，沒事情的話，幹嘛要隱瞞呢？這樣的話，他們就會認為我和偷米之間的確是有事情的。可是，我和偷米之間，根本就什麼事情都沒有呀……

想著想著，我失眠了……

第十八話
理想鬼上身月

東區巷子內的餐廳裡，我和小那、心筠排排坐著。

「待會兒，就麻煩兩位了！」心筠說。

「如果，那個偷……Tommy 本人不是妳想像的那樣，怎麼辦？」我問。

「我沒有怎麼想像呀……從他的外型看來，還有他的工作，不難想像他就是那種花花公子呀，雖然一開始我見到他，是看見他幫小孩子拿氣球，但我知道他很社會化的啦！」

原來，大家都看得出來，只有我是笨蛋嗎……

「來了！」小那說。

這時候餐廳門口走進了三個男人，我當然一眼就認出，走在最後的那個是偷米，而另外兩個男人竟然也是梳著整齊的西裝頭，就連這樣一個輕鬆的週末，還穿著黑西裝，活像是駭客任務裡面的生化人。

「晚安！」偷米向心筠打了個招呼，忽然看到我，臉色變得有點怪。

「你們好！」心筠不以為意，立刻請三位男士坐下。

在簡單的點過晚餐之後，大家開始了自我介紹。

「我是心筠，在XX飲料公司上班，行銷部。」

「大客戶！」偷米對著旁邊的男人偷偷的說著。

「我是Alan，偷米的同事，也是業務部的……」Alan長得比較高大，看起來像是常常上健身房那種。

「我是Joe，廣告企劃。」Joe則是比較斯文樣，不過，不知道怎麼，廣告部的人看起來都很像與錢有關係。

「我是Tommy，大家好！」偷米今天的打扮，看起來十分的休閒，頭髮垂下來，感覺年輕許多。

「我是小那，XX公司的人資。」

「哇！上市公司耶！」Alan說。

這時候大家的眼光都看向我這邊，我才想到該我說話。

「Miki，我叫作美紀。」

晚餐到了之後，偷米與心筠圍繞著公司的話題聊得很起勁，小那似乎也與Alan和Joe很有話聊，而我則是埋著頭不停的吃我自己的餐。

「美紀小姐沒有男朋友嗎？」冷不提防，Joe殺出了這個疑問句，而似乎其他人的話題也告了一個段落，安靜的聽著。

「沒有，我沒有男朋友。」我的嘴裡還塞著義大利麵。

「那太好了，因為美紀小姐，簡直就是我的菜！」Joe當場說出這樣的話，我的麵差點沒噎住。

我趕緊喝了口飲料，讓麵條順利的滑下胃中，然後仔細的看著Joe。

「咳……我是你的菜？你連我的個性怎樣都不知道，就說我是你的菜？你有夢想嗎？你願意為了夢想不顧現實嗎？你們做廣告的人滿腦子只有錢，我怎麼可能會是你的菜？」

我知道我又上身了，但，我受不了這種花花公子的說話腔調，一副就是今晚三個男人搞定三個女人，配給分好之後，各自帶開的進展。

「Miki……」心筠尷尬的叫著我。

「心筠，我是關心妳才說，他們為了客戶，還可以幫客戶鑑定妓女的品質，所有的行為，都是為了錢，完全沒有理想可言的在這社會上生存，妳說，像這樣的男人，有什麼好的？」

我整個人站了起來。我覺得，現在說話的人已經不是我自己了。

「妳說夠了沒有？」冷冷的吐出這句話的人，是偷米。

「我要說什麼，關你什麼事呢？這世上有才華的人那麼少，可是有些人，卻偏偏不懂得珍惜自己的才華，只懂得用現實這種濫理由說服自己的行為，賺更多錢又怎樣，有漂亮的房子又怎樣，在我眼中，沒有夢想的人，根本沒有價值。」

偷米的臉色顯得有點難看。

「Miki，好了！別這樣。」小那趕緊要我坐下，我順著小那的手坐了下去。

「不好意思，她最近剛失戀啦！你知道，失戀的人總是比較……哈哈！」心筠打圓場的說著。

「Alan 呢？Alan 喜歡什麼樣的女生？」心筠趕緊把話題轉移掉，而大家也都是社會經驗豐富的人，很快的就不把我的瘋言瘋語當作一回事了。

只不過，我發現這個場子裡面，除了我的沉默之外，偷米，也不太說話了。

我相信，心筠一定很氣我，一個好好的機會，卻被我搞砸了。

冷靜下來之後，我感到很不好意思，為了要讓心筠的事情順利，我決定主動出擊。

「剛才……對不起！」我對著 Joe 說。

「沒關係！」Joe 微笑著，其實仔細看了看，他還算滿帥的。

「其實我是讀美工科畢業的。」Joe 忽然不接上文的說，我則是一副「是嗎，看不出來。」的表情。

「我說妳是我的菜，是真的，和我初戀女友一樣。」Joe 喝了口酒。

「當年我的平面設計得過許多獎，我的女朋友就一直要我朝這條路上前進，只不過，我家裡很窮，爸媽年紀都大，因此我最後決定放棄美術，先賺比較多的錢。當時，她講話的口氣，和妳剛才一模一樣。」

Joe 說這段話的時候，偷米正在與心筠聊天，但是我偷偷瞄到，偷米的表情，其實有在注意著我和 Joe 的對話。

「其實……大家都有不得不承受的壓力，理想與現實，總是有差距，就像戀愛對象，到頭來也不見得是最理想的。」

這道理，似乎阿關也和我說過，有時候想想，反而我才像是最不成熟的人。

最後 Joe 和我連電話也沒留，大家似乎也都沒有想要各自把誰帶走的舉動，也許，這一切，都是我想太多了……

第十九話

姐妹鬩牆

回到公寓後。

「Miki，妳有必要這樣嗎？」心筠興師問罪了。

「我……」我真的沒有必要。

「妳是不是認識Tommy，他看到妳的眼神就是不太一樣，妳有什麼事情沒有和我們說的？」心筠真的看起來很不高興。

「我……」我不知道該怎麼說。

「Miki，有什麼妳就說吧，不然這樣大家都很尷尬……」小那說。

我癱了似的坐在沙發上。

「對，我認識偷……Tommy，就在妳們兩個不在家的那幾天。」我說。

「怎麼會認識？」心筠問。

「這……很難解釋呀！」

「我要聽，Miki，妳說……」

「……我生日當天，收到一封信，署名是未來的老公，我不知道是誰寄的，但是他說他是從十年後寄來給我的，並且告訴我他家的地址、電話。後來，我真的過去他家找他，結果就是偷米……Tommy……」

「未來老公？」心筠露出很懷疑的表情。

「妳以為這是科幻片情節嗎？」心筠看來越來越不高興。

「然後呢？然後你們兩個進展到什麼地步了，接吻？上床？」

「妳知道我婚前不做那事情的！」我說

「婚前？可是他是妳未來老公呀，現在做和未來做有什麼不同？」

「我……」無言了。

「心筠，他們又沒有怎樣，妳不要太激動啦！」小那說。

「我不激動，我才剛和妳們說我的暗戀對象，過幾天，Miki 就說這是她的未來老公，我不激動？」心筠很激動。

「當時我又不知道妳暗戀對象是誰？」我試圖反擊。

「當時不知道，麵店的時候妳總知道了吧？為什麼當初什麼都不說呢，妳要不是心裡有鬼，妳當下就應該和我說這些事情呀！」

我的確心裡有鬼，可是是我先認識的呀！但這些話我不能說……

「那現在呢？現在妳也都知道了，我請問妳，他還是妳的未來老公嗎？」心筠咄咄逼人，看得我有點難過。

「……不是了呀！我把信都刪掉了啦！而且，他也不是我喜歡的型。」

「對呀對呀，心筠，Miki 只是不想尷尬，所以不講呀，那現在就沒事了。總之妳就繼續展開攻勢，我們會 support 妳，好嗎？」小那說。

心筠深深的吸了一口氣。

「我要去洗澡了，再說吧！」

我和小那呆呆的看著離開客廳的心筠，心裡有說不出的滋味。

「Miki，別想太多了。」

「我睏了，我回房睡了。」

回到房間內，不知怎麼的，我的眼淚又流了下來。

這不是我希望的，但是為什麼會變成這樣的情況，我只想要我的姐妹開心，我也希望偷米可以快樂，也許我的理想派思想，真的不適用於這個社會？

習慣性的打開電腦後，我看到了未閱讀的信裡面，有一封又是偷米寄來的。

寄件者：偷米

寄件主旨：轉捩點

Dear Miki：

剛才妳和小偷米，一起替我慶生，度過了我的生日，我這才想起來，我們當年的感情，好像就是在我的生日過後，才漸漸加溫，漸漸的進入了狀況，好希望可以看著妳和我從陌生到交往的過程，只可惜時空無法交錯，但是請妳加油，我知道要我這個笨蛋了解到妳的需要耗費很多苦心，但是真的請妳堅持下去，十年後的美滿生活，一定會到來。

愛妳的老公偷米

看完後我立刻刪除了。

我不想這樣下去，我不可能和我的姐妹去爭取男人。更何況，這一切已經將我的生活都搞亂了，我只希望回復到單純的生活，享受著阿關給我的關心，讓這一切的事情回歸到最原始的時候。

我在LINE上搜尋著阿關，我的罪惡感油然而生，平時對他不理睬的我，卻只會乞討人家的關心，如果看到別人這樣對我，我一定會受不了。

我心裡下定決心，今後一定要對阿關更好，而且他的條件完全符合我的需求，只要我和他在一起的話，我們一定會過著很美滿的生活。

然後另一方面，我要幫助心筠去追求偷米，順利的話，他們兩個一對，我和阿關一對，搞不好可以在小那的婚禮上，當伴郎、伴娘。

對，就這麼辦。

第二十話
失憶的紅酒夜

週末過後，又是上班的日子。

這個禮拜，我主動約了阿關去吃了幾次飯，阿關看起來相當開心。

回到家後，心筠與我的關係反而變得有點距離了。

這當然不是我所樂見的。

不過偶爾回到家時，我聽到心筠在講電話，我聽得出來，那是和偷米在講電話。

我心裡想，這樣很好，正如我的意，大家一起趕趕進度，看可不可以同時有什麼好消息出現。

一個禮拜過去了。

星期六的晚上，心筠忽然對我示好了。

「Miki，妳有空嗎？」

「有呀，什麼事？」我當然很開心，心筠找我了。

「其實是……」其實是偷米再過一個禮拜生日，心筠希望幫偷米辦一個慶生會，可是她又不想自己下去主辦，想要拜託我。

「好呀，那有什麼問題！」我爽快的答應，但不免有點陰霾。

明明說好不再與這個人有什麼關係，卻還是無法避免的會有交集。

「心筠，妳有Joe的電話嗎？」我認為，要辦活動的話，最好是有他身邊比較熟的人朋友一起準備。

「沒有，我問一下Tommy好了。」很快的，心筠從偷米那得到了Joe的電話，而我也很迅速的和Joe約在他家，要去討論事情。

民生東路的巷弄內，一間很漂亮的房子。

裡面的裝潢既現代又有品味，這也難怪，Joe是美工出身的，加上現在賺的錢，當然會將家裡弄得很漂亮。

「你家好漂亮喔！」我讚嘆著。

「還好啦！妳能喝酒吧？」Joe拿了杯紅酒給我。

「可以。」喝酒這檔事，我自然是不會推托的。嘻嘻，我可是把紅酒當飲料的。

「事情就是，下禮拜偷米生日，心筠想要幫他辦個生日會，要給他驚喜那種，所以我就想說，偷米的朋友，你是不是都認識？」我喝了口紅酒。

「這樣呀，Tommy的朋友大多是客戶，我大概都認識，只不過他好像有幾個大學時期的老朋友，他說是最好的朋友之類的，我就沒什麼見過了……」

「就是要把那種朋友找來，這才有意思吧！」不知怎麼地，講到這個我有點興奮。

「嗯，可以想辦法，我想辦法弄到他手機裡的電話，然後找來，不過大學的應該只有一、兩個吧！」

「一、兩個也好，這種聚會重點是特別的人。」

「好呀！可是地點呢？應該就是啤酒屋或是包下個酒吧吧……」

「嗯……」我不太贊成。

「Tommy 也沒什麼嗜好，就是喝酒。」

誰說偷米沒什麼嗜好的。

「這樣吧，我想到了，就去 KTV 包廂吧！」其實我早就想好了。

「KTV？Tommy 不唱歌的啦，我認識他這麼多年，從來沒聽過他唱歌。」

損友。

「沒關係，我們自己唱呀，大家一起玩，喝酒唱歌助興，這樣才有意思吧！」

我再度將紅酒杯舉起，邀 Joe 喝了一杯。

「嗯嗯，這樣也好。好，那就包在我身上，來，再喝一杯。」

Joe 用著很熟練的手法倒滿了我的紅酒杯，兩人舉杯又喝了一回。

我喝下了這杯紅酒之後，在他家的記憶就到此為止了。

「Miki，Miki，妳沒事吧？」我睜開眼，看到了小那。

「沒事呀！」我試圖起身，整個頭卻是痛得不得了。

「ㄟ？我怎麼到家了？事情說完了嗎？」我有點失憶了。

「妳躺在門口呀！我都不知道妳怎麼回來的，躺在門口我聽到門鈴去開門，卻沒看到別人。」小那納悶。

「奇怪？我記得剛剛在 Joe 家討論生日會的事情，算了，沒關係。」

忽然小那的手機響了。

「喂？心筠喔，沒有呀，沒有收到什麼包裹。Tommy 說要寄來的？有的話我再幫妳簽收……」小那拿著手機往門口走去。

我顧不得聽小那說話的內容，一邊摸著頭，一邊走進自己的房間。

檢查著自己的皮包，還好電話什麼的都沒掉，我趕緊撥了通電話給 Joe。

「Joe，我是 Miki，我們剛才講完了嗎？」

「嗯嗯，講完了。」Joe 的聲音有點顫抖。

「那結論是？」

「妳說的我會照著做，總之沒問題，包在我身上，就這樣。」Joe 急忙的想掛電話，可能是在忙吧。

「喔！」我一頭霧水。

不過沒關係，總之已經將生日會的事情喬好了。接下來，就希望看著偷米高興的過生日，我也會帶阿關去，這樣的話，大家就可以皆大歡喜了。

我和心筠之間，應該也可以藉著這次事情，冰釋前嫌了吧。

不過我到底是喝了幾杯，到底是怎麼喝的，竟然可以喝到斷片，這一點我實在是怎麼想都想不清楚。

第二十一話

偷米的生日趴

時間一下子又過了一個禮拜，眾所矚目的偷米生日派對，在這個週六晚揭開序幕。

晚上八點的聚會，不到七點半就擠滿了人。

重點是，我們訂了三十人的包廂，卻已經來了快四十人。

「Joe，怎麼會這麼多人？」我問。

「還不是妳說的，搞得熱鬧點，我也不過就是發封信告知大家這個消息，沒想到……」

沒想到偷米的人緣這麼好。

也不應該說沒想到啦，早就該預料到了。

到了八點整，偷米來了。

「今天晚上的重頭戲上場，讓我們歡迎今晚的壽星——Tommy。」在Joe充當主持人的引導之下，心筠假裝Show Girl一般，牽著偷米的手從門口走進來，全場很配合的歡聲雷動。

「謝謝，謝謝！」偷米接過了麥克風後高聲說著。

「真沒想到今天有這麼多人，不管你們是摸黑自己找來的，還是純粹想來免費喝酒的，都請大家今晚盡情的享受。」偷米高高舉起了酒杯。

「乾杯！」偷米說。

「生日快樂！」全場則是大聲齊喊。

因為人很多，位子也不夠，因此我站在門邊，幫忙調酒以及遞酒杯給來往的朋友們，而坐在位子上的人則是開始紛紛的點起歌、喝起酒或划起拳來了。

偷米四處的與他的朋友乾著杯，大聲聊著天。

沒多久，偷米走到了 Joe 身邊。

「你這傢伙，這一群全都是你約的呀？」偷米做勢要勒 Joe 脖子。

「我是奉命行事，都是 Miki 的意見。」Joe 講到我時，神情有點尷尬。

兩人同時看向我這邊。

「好啦，你答應我的事，以後別忘了就好了。對了，還有人會來嗎，除了這些客戶以外。」

「還有你的大學好朋友呀，David 和另外一個什麼牧師的……」Joe 張望著四周，也不知道他在找誰。

「是嗎？」偷米的臉有點沉，不過隨即就被另外的客戶朋友架去喝酒了。

這時候小那跑來我身邊，驚訝的叫著。

「那個不是 David 嗎，歌手 David！」

我順著小那的眼光往包廂門口看過去，果然沒錯，David 帶著頂帽子，雖然刻意壓低了，但還是可以認得出來。

我故意走上前去。

「請問，你是來幹嘛的呢？是來向 Tommy 道歉的嗎？」

David 看到我，笑了出來。

「是麵店小妹呀，我幹嘛道歉呢？有人傳簡訊告訴我今天是他生日，我剛好沒事，就順道過來看看。」

誰是麵店小妹?!

偷米看到了 David 過來，這時候也走向前。

「嗨，歡迎你來！」偷米非常客氣的舉起手和 David 握手，不過 David 不領情。

「我沒帶禮物就是了，生日快樂呀！」

偷米從旁邊拿了杯酒遞給 David。

「乾杯！」偷米說。

兩人互相看著對方，一飲而盡。

不知道怎麼描述我心中的感覺，今天的偷米，和之前在麵店時那種不自然的神色，簡直判若兩人。

這時候偷米的客人們，也都注意到 David 的出現了。

「David，是 David 耶！」一群女孩子蜂擁而上，推開了我和偷米，直要簽名。David 也是見慣了這種場面，一個個應付得服服貼貼。

我卻覺得很不是滋味。

今天這個場子應該偷米是主角才對，他明明知道他的出現會造成這種情況，他還是刻意跑來了。

不過令我傻眼的還在後頭，David 走上舞台，拿起了麥克風。

「各位，今天這麼高興，我們的好朋友 Tommy 生日，我在這邊，當然不能免俗的要送他些東西。不過，今天我什麼都沒帶，我想，小弟就在這邊，獻唱一首歌曲送給偷米，當作生日禮物。」

「哇！David 要唱歌，太棒了！」尖叫聲此起彼落，讓我感覺彷彿又回到了那天演唱會的現場。

David 輸入了歌曲代號之後，很快的，螢幕上就出現了他的代表歌曲。

一開口，我又再度被震懾。

這和演唱會的感受不同，在 KTV 我也聽過無數人現場這樣演唱，但是 David 的聲音一出，就像是唱片播放一般，每個音符、每個節奏，都是那麼的精準，那麼的拿捏得宜。

唱到副歌處，David 更是自由發揮的加進了新的元素以及轉音，時而高昂、時而激情，聽得全場的人如痴如醉。

歌一唱完，全場爆出了如雷的掌聲，「安可」之聲更是不絕於耳。

我看到 David 眼光射向倫米，露出了挑釁的意味。

David 似乎在說明著，當年敗給倫米的他，現在已經不同凡響，歌唱水準完全是職業級歌手的表現。

「各位，我從出道前到出道後，都沒有在歌唱上面有過失敗的紀錄，唯一的一次，就是在校園比賽裡面，敗給了一個人，那個人就是Tommy……」

哇，他竟然連這個都說了。

「怎麼可能！」Joe在我旁邊失聲叫了出來。

眾客戶朋友們更是議論紛紛，因為我相信，他們沒有人聽過偷米唱歌。

David這時候做出了更進一步的舉動，他伸出手，將手上的麥克風準備遞給偷米。

這時候的我真是傻了。

本來約在KTV，的確是希望偷米可以藉由快樂的氣氛，順便找回他唱歌的興趣，進而回到我理想中懷有夢想的人，只是沒想到，現在這樣變成了PK賽，不管結果如何，都會變得很尷尬吧。

我真是看不下去。

第二十二話

天堂與地獄

偷米看著 David 手上的麥克風，似乎有點不知所措。

然而全場鼓譟的聲音卻越來越盛。

「Tommy！Tommy！Tommy！」

我看著偷米，心裡想的盡是不公平的埋怨。

偷米這麼多年沒有練歌了，怎麼可能在這種情況下，和你比賽呢？就算他願意比，這樣也太不公平了吧！

就在我腦子還在思考的當下，我忽然聽見現場爆出如雷的掌聲，我回頭一看，偷米已經手拿起麥克風，準備接下這個挑戰。

「既然大家這麼開心，我就不掃興啦，同樣的歌曲，我也來唱唱看吧！」

同樣的歌曲，你練過嗎你？我頓時擔起心來了。

前奏一下，全場也都安靜了下來。David 靠在我附近的牆壁上。

「想用我的歌和我比……」

我看著偷米的嘴唇開合，歌聲一出，每個人的表情都傻了。

如果說 David 的聲音渾厚充滿磁性，那麼偷米的歌聲簡直就像是從天上打下來的雷一般，直接的、最短距離的，射進了大家的心中。

同樣一首歌，完全不同的兩種演繹方式，偷米在前半段的主歌刻意壓抑著自己的喉音，使得敘事的歌詞，就像是在耳邊呢喃一般，舒服的讓人想閉上眼。

到了後段副歌，偷米捨棄掉過多的轉音，將情感直接注入，高音的音符，略帶嘶吼的演唱，像是要把每個人的心，活生生的給掏出來。

我無法分辨誰比誰的歌聲好聽，但是一到高音的部份，偷米的歌聲，就會將我的眼淚，從眼眶中請出。

一曲唱完，掌聲與歡呼聲爆響，幾乎是所有的人都湧上前要與偷米喝酒。

「Tommy，我都不知道你這麼會唱！」

「去參加歌唱比賽啦！」

「你他媽也太會唱了吧！」

「Tommy，乾杯，乾杯！」

我回頭看向David，以為他會有難過或是生氣的表情，沒想到他卻露出了十足滿足的眼神。

「這才對，這才是你呀！」David喃喃自語著，將自己的帽沿壓低，一路走出了包廂房外。

我跟了出去。

「David！」我在David背後叫著。

David轉身看著我。

「你是為他好的，對吧？」

David 笑了笑。

「妳和那傢伙說，如果還想搞音樂，來找我吧！」

說完後 David 瀟灑的轉身離開。

原來，關心那個傻瓜的，不只我一個人……

這時我的手機忽然傳來簡訊。

「Miki，抱歉，公司電腦有問題，我在搶修中，沒辦法趕去妳朋友的生日會了，晚一點我帶東西去妳家給妳吃——阿關。」

看到簡訊我才想起，阿關要來，說起來還真有點慚愧。

不過也只能說，因為剛才包廂內的經過太精采了，讓我忽略了其他事情。

忽然，尿急。包廂內的人太多了，我急忙跑去外面的廁所，順便補了一下妝。

走回包廂的路上，我看到包廂外的角落，心筠和偷米兩人正站著說話。

不知為何，我竟然本能的躲在旁邊，不知道是不想撞見他們兩人，還是不想被他們撞見。

不過，躲在一旁的我卻可以清楚的聽到他們的對話。

「Tommy，生日快樂，我有話想對你說……」心筠的語氣聽起來有點酒意。

「什麼事？」

「你靠近一點，嗯……」心筠竟然趁機會親了偷米一口。

「哈，妳喝多了，來，我帶妳進包廂……」

「沒有啦，我還沒說完呢！」

「好，妳說，妳說……」

「我，從很久以前，就喜歡你了，你知道嗎？」

「妳真的喝得不少呢！」偷米顧左右而言他。

「我沒有喝多，我真的喜歡你，我們，交往……好嗎？」心筠這時候整個人已經倒在偷米的懷中，而偷米也只能順勢的抱著。

而我，也順勢的，哭了。

我完全不知道我自己的眼淚，是在什麼時候流下的，但是我知道，我的腳已經快步的帶我逃離了現場。

我出了KTV，往家裡方向走。

我知道這兩個地方，坐計程車大概有一五〇元的距離，但我還是不停的走著，不顧一切的，邊哭邊走著。

我這次不敢走去書店，因為哭得太兇。

但我不知道我要走去哪裡。

過了將近一個小時，我走到了公寓後面的小公園裡，我坐在了翹翹板的旁邊，看著野狗小黑，在垃圾堆裡找著食物。

我把和偷米的事情，從頭到尾溫習了一遍。

即使，這樣的溫習，我已經做過了上百遍……

第二十三話

是什麼包裹

野狗小黑不停的翻弄著垃圾桶，持續的發出微弱的小噪音。

我則是不停的翻弄著自己心裡，持續的發出微弱的低泣聲。

我相信我不是因為那封信喜歡上偷米的。基本上那封信只能說是一個開頭而已。

在麵店碰上David之後，我才真的對偷米這個人感到好奇。

然而在他家聽完他的歌之後，我相信我無法不愛他了，只不過，這一切與我的原則都是違背的。

他是個會傷女孩子心的男人，而現在最大的重點是，他是我姐妹喜歡的男人，我現在唯一能做的事情就是，對他完全斷念，否則，如果他以後和心筠交往，甚至結婚的話，我該怎麼面對。

釐清了這一切，我告訴自己，要更勇敢。

這時，阿關的臉，在我腦中閃過。

我還有他。

雖然對他感到抱歉，但是阿關現在真的是我可以劃清界線的最大後盾。

想清楚後，我站了起來，朝南京東路上的公寓走去。

到了家門口時，一輛計程車在我身邊停了下來。

從車上下來的人竟然是偷米。

接著小那也從計程車上趕緊跑了下來，只因為他們兩人攙扶著看起來像是完全喝醉的心筠。

「怎麼了？」我趕緊上前幫忙。

「Miki，妳跑去哪了？到處找妳不到。」小那擔心的說。

「我……就空氣不好，我想先回來休息。」我心虛。

偷米的眼神直盯著我。

「心筠怎麼了？」我趕緊轉移話題。

「喝多了，硬要 Tommy 陪，我只好和 Tommy 一起送她回來…」

「別說了，先把她送上去吧！」偷米說。

於是三個人亦步亦趨的將爛醉如泥的心筠，一把抬上了我們的小公寓。

偷米非常辛苦的將心筠扛進了她自己的房間後，氣喘吁吁的坐在客廳沙發。

我對於這個景象感到很奇特，因為，偷米竟然坐在我們家沙發上。

「Tommy，不好意思，你生日還要這麼麻煩你。」小那說。

「沒關係啦，都是因為我生日才會這樣呀！」

「你要不要先回去，搞不好那群人還在等你耶！」

「喔喔，好呀。」偷米起身打算離開。

「Miki，妳送 Tommy 下去吧，心筠我照顧就好。」小那的笑容很奇特。

「喔……」

就在我和偷米要下樓的時候，小那又問了一句。

「對了 Tommy，上禮拜你問了心筠我們家地址，說要寄什麼包裹來的，到底是什麼東西呀？」

「沒什麼啦，小東西，可能寄丟了吧，哈！」

我和偷米走下了樓。

兩個人站在南京東路上。

「妳要和我過去嗎？」偷米問。

「不了，我說我不舒服了。」

「嗯……」

兩個人忽然一下子之間沒話講了。

「我幫你叫車……」我走往馬路邊，卻被偷米一把抓住手。

「不急……」偷米說完後，察覺尷尬，趕緊將手放開。

接近半夜，安靜的路上偶爾會有一、兩輛車呼嘯而過。

「David……其實是好人呢！」我說。

「我沒說過他是壞人……」

也對，都是我自己以為。

「今天，算不算你的好朋友都到了呀？」

「差不多，不過，Joe說有幫我約我大學時期最好的朋友，不過他似乎沒來。」

「最好的朋友？不是David？」

「他也算啦！不過這幾年都沒聯絡。」

「喔……」

我看著偷米，不知道他為何不回去包廂，卻要在這邊和我瞎混。

「你是擔心心筠對吧，要不要上去照顧她算了，反正你也不太想去KTV的樣子……」

偷米乾笑。

「你怪怪的耶！又不去包廂，又不上去樓上坐，也不想回家，就拉著我在這邊也不說話……」

「也是……」

「你上禮拜是要寄什麼包裹給心筠呀，我那天雖然喝醉了，可是有聽到心筠和小那的對話。」

「……已經寄到了啦！」

「什麼？」

偷米俏皮的用手指指了指我。

「我？」我也用手指了指自己。

「嗯……最近我成了宅急便，專門走私人口，上禮拜運送妳，這禮拜則是心筠……」

「說清楚！」

偷米無奈的告訴了我上週發生的事情。

第二十四話

現在與未來

偷米的第一句話就嚇到我。

「妳被下藥了！」偷米說。

「什麼？」

「Joe……」

「怎麼可能！」我驚訝的不知該說啥好。

「唉~第一次聯誼時妳說的很對，對於我們而言，通常聯誼的目的，就只是要當晚帶走，而 Joe 最常使用的把戲，就是帶回家後下藥。」

「下藥？然後呢？」我想起來有點毛骨悚然。

「沒有妳想得那麼嚴重，Joe 只是習慣這樣，讓女生誤會自己喝醉了，倒在他家，但是醒過來後，卻發現自己並沒有被 Joe 怎麼樣，藉以增加對他的好感。」

偷米說的輕描淡寫。

「怎麼可以這樣？」我越想越氣。

「不過這當然也是 Joe 對妳真的有興趣啦！」

我可不會因為這樣高興咧！我念頭一轉。

「可是，那為什麼會是你送我回來呢？」

「呃……」偷米忽然語塞。

「難道當天是你們兩個一起下藥，想要對我怎樣嗎？」我興師問罪。

偷米的臉尷尬了兩下之後。

「心筠打來說，妳要 Joe 的電話，我就覺得不妙。因為我了解 Joe 的個性，果然那一天我正好路過他家，就發現妳已經昏迷不醒人事了。」

「正好路過他家？」這話聽起來還真怪。

「那不重要啦，總之就是我發現了這事情，然後我警告 Joe 要他不准再對妳做這事情了。」

我越聽越糊塗了。

「你？憑什麼資格警告他不准碰我呀！」

「我……」

「搞不好我很想被他碰耶！」

「……」

「而且你打電話來問地址，就直接把我送回家就好，幹嘛要假裝什麼包裹，然後把我放在門口。」

「我怕人家誤會。」

「喔，我懂了，你是怕心筠誤會。」

「不是，我幹嘛要怕她誤會。」

「你當然要怕她誤會，心筠都向你告白了。」我說溜嘴了。

「妳聽到了？」

「是呀，很好呀，生日當天收到這樣的告白禮物，我想沒人比你還要爽的了。」

「妳沒聽完全部？」

「什麼全部？」

「我拒絕心筠了。」

「什麼？你怎麼這樣？」

「對不起，上次在我家，妳要我做的承諾我做不到。」

原來是這樣，難怪心筠喝成那樣，這下子我得要趕緊安慰心筠了，對於常常收到好人卡的我而言，我是最有經驗的了。

「心筠條件那麼好，你幹嘛要拒絕呢？」

「沒辦法……」

「什麼意思？」

「我已經有未婚妻了……」

啊！怎麼這樣？這男人，也隱藏了太多祕密了吧！

「你，什麼時候有未婚妻的，你不是一直說你單身嗎？你這樣說心筠會很難過耶！」

偷米抿了一下嘴唇看著我。

「未來，妳是我的老婆，不是嗎？」

接近半夜，安靜的路上偶爾會有一、兩輛車呼嘯而過。

但，我怎麼覺得，我這時，什麼聲音都聽不見了。

不知道站了多久，我們兩人，一句話都沒說。

「你……」我有點失去語言能力，掙扎了許久之後，才擠出幾句話來。

「可是、可是你，交過的女朋友太多，你……提分手的次數太多、你……的性行為、你……」

我真的不知道該用什麼理由搪塞這一切，而偷米的雙手這時卻搭上了我的肩。

「而且，我是你姐妹淘的心上人？」偷米的臉漸漸的靠近了我的臉。

偷米的雙眼直視著我的眼睛，看得我整個臉紅到了耳根。

「對……呀……」我的眼睛，緩緩的閉上。

我感覺到，偷米的嘴唇印在我的嘴唇上。

這世界，霎時只剩下我們兩人，我不去想理由、不去想藉口，專心的、投入的，迎接著偷米的吻。

我們兩人之間，只聽到彼此的心跳聲。

不知道過了多久，偷米的嘴離開了我的鼻尖，我感受到他的氣息。

「別想太多，我先回去 KTV。」

「嗯……」我的雙頰，充滿了紅暈。

偷米叫了計程車，帥氣的上了車，留下我站在南京東路上，癡呆的站著。

第二十五話

豬八戒照鏡子

週一早上，辦公室內。

「對不起，後來我沒有過去妳家找妳。」阿關的訊息如往常般殺至。

我則是渾然忘了這件事情。

「沒關係，沒關係！」

我看著電腦螢幕，可能嘴巴是微微張開的吧。

那晚上偷米的吻，到現在我還意猶未盡。

可是，阿關怎麼辦？

可是，心筠怎麼辦？

可是，我的原則怎麼辦？

他交過那麼多女朋友，又個個都上過床，又個個都被他甩掉，那我，到最後豈不是會很慘？

這可不是被人家指著鼻子說：「對不起，妳是個好人……這麼簡單而已了。」

我有可能失了貞操、跑了姐妹、負了粉絲，並且身心俱疲的迎接我的下半輩子耶。

這個後果，我不敢想像。

只不過，事情真的就像是未來老公寄的信裡面寫的一樣，我和偷米越走越近，甚至有可能交往了。

如果他寫的信是真的，那麼在未來，我就不可能遇到這些悲慘的事情，我就可以和偷米一起過著幸福快樂的生活才對。

所以說，我應該不要再擔心了？

我應該好好的準備迎接和偷米將來的生活？

想著想著，阿關的訊息又來。

「別想太多，做自己喜歡做的事情吧！」阿關忽然冒出這句話，有點沒頭沒腦。

我側著身子望向阿關的位子，看著阿關拿起他也有買給我的甜甜圈，往嘴巴裡塞。

看來他是認為我在發呆，要我趕緊吃東西了。

不知怎麼地，看著阿關的動作，我眼眶泛起了淚水。

阿關真的對我很好，可是如果我真的和偷米交往的話，阿關豈不是會很難過。

想著想著，我的眼淚又嘩啦的落下，最近情感太豐富，淚水也太多了……

下了班，在公寓樓下遇到了心筠。

「Miki，下班了？」

「嗯……」

「今天晚上小那又說要煮東西給我們吃耶，不知道有什麼好料的。」

「嗯。」

我看得出心筠在強顏歡笑，領到好人卡的心情，我太可以體會了。

「Miki，妳臉色不太好，身體不舒服喔？」

「沒，沒……」

「我那天真的是喝醉了，到現在人還不舒服呢！」心筠提起了那晚的事情。

我看著心筠，強烈的不捨忽然油然而生，難過我這個好姐妹被人家拒絕，也難過自己不知道要怎麼面對她。

「Miki，妳怎麼啦？怎麼哭了呀……」心筠嚇到，趕緊一把抱住我。

「我沒事，我沒事……」我尷尬的連忙說著。

忽然，我的手機響了。

「喂？」

「喂，Miki，我是偷米……」我一聽到偷米的聲音，趕緊將手摀住手機，快步往樓上走去。

「你幹嘛打來啦，這樣很尷尬耶！」

「尷尬？有什麼好尷尬的？」偷米一副理所當然的樣子。

「心筠在我身邊呀……」

「這有什麼關係，反正我們都接過吻了……」

我整個臉又紅了。

「你你，你要幹嘛啦？」

「過幾天，想找妳吃飯，可以嗎？」偷米主動約我了。

這時候，我看到心筠跟在我後面，從樓梯走上來了。

「再說，再說啦……」

「什麼再說，我星期四下班去接妳喃！」

「我再打給你啦，再見。」

我趕緊將手機切斷，一回頭，就看到心筠拿起鑰匙準備開門。

「怎麼啦，緊張兮兮的。」
「沒事，沒事……」
我們兩個一走進家門，就聞到滿屋的香味，那味道，簡直就像是外面餐館一般。
「哇，小那，妳弄的東西也太香了吧！」心筠讚嘆著。
「今天要給妳們好好補一下呀，妳們最近都身心俱疲了呢！」那姐說的話總是充滿弦外之音。
「這倒是，我這輩子，第一次領到好人卡呢！」心筠說。
我一聽這話，心又往下沉了下去，要我在這種氣氛下去和偷米見面，我是絕對辦不到的。
我頹喪的往我房間走去。
「Miki，要吃飯了，上哪去呀？」那姐問。
「不吃了，我身體不舒服。」

說完後，我就沮喪的走進我的房間裡。

第二十六話

妳是我的姐妹

禮拜四的晚上我把手機關機了。

我沒有回家，沒有去上班，一個人在下午逛遍了全台北市的百貨公司。

我逛得很快。

因為根本沒有在瀏覽。

我知道我是個死心眼的女孩子，要不是這樣的話，我也就不會被這麼多人甩掉，也不會過了三十歲還在孤家寡人。

但是，我就是不能接受，現在的情況。

心筠的心情、阿關的心情、我的心情……

如果說，一開始我就不認定偷米是我的未來老公，那麼其實在正常情況下，只要我發現了他其中一點違背了我的原則，我就不可能再繼續下去了。

更不要提現在，搞得我覺得自己對不起心筠，甚至不敢面對她……

雖然說，我有部分接受了「為了現實而與理想妥協」的這種處事方針，但是在愛情這件事情上面，我還是不能因為命運，就違背自己的戀愛原則，尤其是會傷害到身邊的人……

也許，我該回老家去，找個男人嫁了，遠離這一切。

逛到百貨公司關門，我只好去逛那二十四小時的書店。

而待到半夜一點以後，我想心筠她們應該都睡了吧，我偷偷的回到家，開了門，悄悄的躲進我的房間內。

我不知道我要這樣過多久，不過，也許過兩天，我就會搬走吧……

一直到了週六晚上。

準備偷偷摸摸出門的我，被心筠和小那逮個正著。

「Miki，妳要上哪去啦？」小那說。
「我去逛街……」
「不要去啦，等等姐妹們有事情要妳幫忙。」心筠說。
心筠不會還不死心，要我去向偷米說什麼吧。
我更加不安了。
換了衣服後，心筠拉著我和小那到了民生東路的圓環邊，某一家咖啡廳裡面。
「喝咖啡？」我問。
「哈哈，喝咖啡在家裡喝就好啦，出來幹嘛？耐心點，等一下。」心筠笑著。
我不太懂來這個咖啡廳的用意是啥，不過心筠都這樣說了，就陪著等下去。
咖啡廳裡面的客人來來去去，不過看起來在這個社區附近，似乎都是知識水平挺高的居民。
沒一會兒，一個頭髮略帶銀白的中年男子，走進咖啡廳，點了杯拿鐵，坐在了靠窗的位子上，拿出他的手提電腦放在桌上。

「就是他！」心筠說。

「就是他喔？」小那說

「就是他？」我說。

「對，就是他。」心筠說。

「原來就是他。」小那說。

「就是他？」我說。

我傻了。三個人像是說相聲一樣，也不把話說明，重複了兩次之後，心筠和小那都狂笑不止。

「誰啦？」我又問。

「我的新對象。」心筠說。

「誰的？」我問。

「我的！」心筠指著自己。

我恍然大悟。

原來這幾天我沒有和心筠聊到天，她卻已經找到了自己新的目標了。
「年紀……好像有點大耶？」我說。
「四十二歲，雙魚座。離婚一次，沒有小孩，外商公司高級主管，就住在對面，每個晚上九點左右都會到這邊來坐一下。」心筠早就調查完畢。
「……妳也太強了吧！」我吞了口口水。
「沒辦法，這年頭，好男人不是同性戀就是已經結婚，妳要找到好男人，就得要等人家離婚，很像買熱門航班的機票呢！候補！」心筠笑著說道。
「哇，所以妳早就認識他了？」
「嗯，他是我以前老闆，上個月離婚……」
原來如此……
「所以心筠妳……」
「Tommy 的事情，我一點都不難過，傻女孩！Miki，不用擔心我啦！」心筠拍了拍我的肩膀。

「妳放心的去和 Tommy 交往吧，不要自己在那邊鑽死牛角尖了。」小那笑著說。

「妳們……」我眼眶紅了，原來她們早就知道我在煩惱了。

「我們是好姐妹呀！」心筠說。

小那這時候把手放在我的手背上，緊緊握著，心筠也把手伸了出來，放在了小那的手背上。

而我再也忍不住的哭了出來。

「傻妞，別哭了，我還要等妳做我的伴娘呢！」小那說。

「對呀對呀，我也要趕進度……趕緊追到手。」心筠說。

忽然一個黑影站在我們面前。

「Grace，妳不是 Grace 嗎？」剛才那位中年男人正站在我們前面。

「總經理……」心筠抬頭一看，失聲叫了出來。

「別叫我總經理了，大家都是朋友，妳現在在哪裡上班？」心筠站了起來，過去了那位男子的座位。

而我和小那，則是充滿笑意的看著他們。

我真的，擁有一群好姐妹，我會好好珍惜的。

第二十七話
第一次約會

手機開機之後，我發現了一堆留言和簡訊。

裡面包括了心筠、小那、阿關、Joe，當然還有偷米。

當我還來不及一一檢視的時候，我的手機已經又響了。

是偷米來電。

「妳跑哪去啦？不要讓人家擔心好嗎？」聽起來是真的關心我。

「沒事沒事，找我有事嗎？」

「有事嗎？本來約妳週四吃飯呀，妳裝傻喔，廢話不多說，明天我去接妳！」

「嗯……」我心裡感到甜甜的滋味。

「嗯是怎樣？」

「好啦，幾點……」

「中午過去接妳，就這樣！」偷米說完後電話就掛了，留下我自己開心的傻笑著。

沒想到，命運的安排，真的是躲不掉。

而我這才想起來，似乎是前後呼應呢。

因為，偷米的信，全部都被我刪掉了……

難怪之前的某封信裡面他說到，要我把這些信留著，十年之後，他就可以直接把這些信，寄到現在的我這邊，這樣的話，他就不需要再重寫了。

我真好奇，十年後我和偷米結婚，如果他要寫信給我，那時候寫出來的信，內容會和我之前看到的那些一樣嗎？

不得不佩服上天……

週日中午。

偷米的打扮讓我驚艷，牛仔褲、T恤，自然的髮型，彷彿讓我看到了大學時期那年輕洋溢的他。

「不好看喔？」偷米看著我的表情不禁問了。

「好看，好看，哈！」

下午偷米帶我到電影院看電影。

到了晚上，沒想到偷米帶我到這邊吃飯。

老王牛肉麵。

「帥勾（哥），來了喔？」老闆娘的國語顯然沒有進步。

「我們要出 men（吃麵）。」我則是繼續學著老闆娘的腔調說話。

「哈哈。」偷米笑了。

偷米拿著幾盤小菜放在桌上，略有所指的笑著問。

「要吃小菜的話，儘量夾喔！」

我看著他。

「不了，不、是、我、的、菜……」

偷米夾了塊豆干塞往我嘴巴。

「吃吧妳……」兩個人笑成一團。

這是戀愛，我想。

從前的記憶，每一段拿出來都變成我們共有的寶藏，假如當初知道的話，我會更珍惜每一次相遇。

吃完麵後，我們散著步、聊著天。

「我不懂，你為什麼要約我。」

「這種事情，還需要問嗎？我知道妳喜歡我，所以我成人之美呀！」偷米說。

「不開玩笑，我是說真的……」我說。

偷米走著走著停了下來。

「這裡，記得嗎……」偷米指著地面。

「有寶藏嗎？」我看了一下地上，不懂。

「這裡就是妳追出來，對我說了一堆什麼放棄夢想的大道理，記得嗎？」

我這才想起來，這裡的確就是遇到 David 之後，我追出來的地方。

「記得，那又怎樣？」

「第一晚妳跑到我家，我當妳是神經病，在這裡的那一晚，我對妳改觀了。」

「愛上我了嗎？」我說。

「那一晚，我認為妳是……超級神經病！」

「……」

「我從沒見過一個人，會為了別人的事情，那麼重視、那麼在乎，更何況，那時候我們才見過兩次面……」

「我只是……看不慣 David 啦！」我有點不好意思。

「怎樣都好，但的確是妳，讓我現在敢面對，我放棄夢想的這件事情。」

「我大學最好的朋友，除了 David 之外，還有一個叫做牧師的。」

「牧師？真的牧師喔？」

「綽號啦，他很關心人，和妳很像，為了要替我母親還債，我放棄音樂，硬是要自己來做這行，被他罵了很多次。」

是該罵。

「可是他還是沒有放棄我，雖然很多年沒見面，我生日他也沒到，不過我們經常通電話，他最近感到很高興。他說，他感覺到我又回復到以前的自己了。」

「這樣很好呀！可是那關我什麼事？」

偷米這時有點扭捏。

「我不知道妳是不是都這麼鼓勵別人啦，不過妳帶我去看演唱會、買吉他，選擇在 KTV 辦我的生日這些事情，都讓我心裡很有感覺。」

「什麼感覺？」我是感覺對話越講越曖昧。

不知不覺我們兩人已經走到了偷米家樓下。

「……要上去坐嗎？」偷米的眼神不好意思地直視我。

我也感覺到，這個邀約的涵義，似乎有很大的想像空間……

第二十八話
偷米・爵士・夜

開了門之後，我在門口躊躇了起來。

這個房間雖然我已經不陌生，但是今天要走進這房子的心情卻是不太一樣。

心裡有預感，似乎今晚會發生些什麼。

「怎麼了，不進來呀？」偷米笑著問。

「沒事……」我趕緊脫了鞋子，走進客廳。

偷米開了瓶紅酒，倒了兩杯，走到我身邊的沙發坐下。

我拿著酒杯，看了看。

「怎麼了？」偷米問。

「沒下藥吧？」

「哈哈哈，來，交換。」偷米笑著將兩杯酒做了交換。

我看著這房子的裝潢與擺設，意識到某些事情。

「這邊，租的？買的？」

「買的，還在付貸款中。」

「很貴吧？」

「不便宜。」

我也有點了解到，為什麼這個工作做下去之後，不容易重新去追求夢想。

「David 說你想做音樂的話，可以回去找他……」

「嗯，我已經超過三十了，現在去做音樂，不太可能走幕前，最多就是做幕後……」

「做幕後也不錯呀！」

「只是薪水和地位等等，都必須要從最底層做起……」

「你很在意？」

「風險的問題，如果現在重頭來，還有機會成功的話，一開始的辛苦我不會在意。只不過因為現在年紀大，要重頭來，成功的機率相對低很多，假如無法成功，不如在我目前的道路上，好好努力。」

我有點皺眉頭。

「男人都怕失敗？」

「這……成功總比失敗好吧？」

「我覺得，追求的過程才是最美的。」

「我知道妳意思，我會思考的……」偷米微笑著。

偷米看著我，似乎像是在欣賞什麼似的。

「什麼？」

「妳長得真的不美……」偷米笑著說。

「你怎麼這樣說話……」

「可是卻讓人忘不掉……」偷米這時的身體靠了過來，話沒說完，嘴唇就已經貼上了我的嘴。

我嚇得眼睛張得老大，只不過偷米的嘴唇實在太柔軟，不到半秒鐘，就融化了我全身的防備。

我順著偷米的力道，躺了下來，兩人在沙發上，深情的吻著。

偷米一路從嘴唇吻到我的脖子，那感覺，幾乎酥軟了我四肢的神經。

手法純熟的偷米，這時候一隻手輕輕握住了我的胸部，雖然隔著衣服，但是我的神經一下子又緊繃了起來。

偷米溫柔的唇不停的往我的胸前游移，另外一隻手從我的背後抱住我，我整個人就陷入了偷米的懷中。

正當我腦袋空白的享受著偷米的吻時，「啪」的一下，我發現我內衣的釦子，已經被偷米的手，從後面解開。

我瞬間清醒。

「不好……」我有點抵抗。
「不怕……」偷米繼續埋身在我胸前，忘我的吻著。
我雖然享受，但是當偷米的手觸碰到我無遮蓋物的胸前時，我再度彈開。
「不好……我沒有經驗……」我真的有點怕。
「我知道妳的原則，但是，未來我是妳的老公，這事情早晚會做，不是嗎？」
偷米說得溫柔，我卻對這番話似曾相識。
「嗯……」我不置可否。
偷米站了起來，將自己的衣服脫去，露出還算結實的上半身。
這舉動卻讓我越來越害羞。
偷米輕輕的把我抱起來，走上了他的房間。
我不想去思考，但是腦子裡不斷跳出一句話。
「都三十歲了，總該有了吧……」
偷米的房間裝飾得非常素雅，書桌上放著他在大學時期和另外兩位好友的照片。

我看到偷米稚嫩的臉龐，以及一旁耍帥的David，還有一個側著臉看不清楚長相的年輕大學生。

「好年輕喔你們，最旁邊那個人，那是……牧師？」

「嗯……」偷米把我放在床上，微微的笑著。

「別管他們了……」

偷米將燈光調得昏暗些，順手點了床頭音響，播出了浪漫的爵士樂，我不知道這套流程，是否是偷米的SOP，因為看來就像是小說的文字般，那麼流暢。

偷米彎腰將我抱進他懷抱裡，在我的額頭上，輕輕的吻著。

這時候的我，不知怎麼地，好像可以感受到偷米的真誠，心裡一點都不恐懼了。

我全心全意，迎接偷米的到來。

屬於我倆的夜晚，第一次，在爵士樂流洩的空間中，物移……

第二十九話

病危的牧師

坦白講，一開始有點痛。

我甚至不懂這種事情，做的好處在哪裡。

後來，我才漸漸地體會了。

躺在偷米的床上，蓋著偷米的棉被，我渾身上下，充滿了偷米的氣息。

腦子裡面某種賀爾蒙分泌著，影響我的思想，讓我產生所謂「幸福」的感覺。

偷米則是坐在我的身邊，並不說話。

「做這事，會累嗎？」我問。

「會呀！不過值得……妳口渴嗎？我去幫妳拿東西喝。」偷米欲起身。

我一把抓住他。

「不用，在這邊陪我吧。」

「嗯……」偷米點點頭。

「第一次見面時，你也是和那女生做相同的事情對吧？」我知道問這事不好，但我就是好奇。

「嗯……」

「可是最後你們卻分手了……」

「這事情…並不是不分手的保障。」

「所以……我們有可能像你之前的交往的模式一樣，我會被你甩掉，對嗎？」

「不會！」

「我看過某個網路作家的書，他裡面有一篇寫到『戀愛規律』這件事情，他說每個人都會有一套愛情模式，像是你會甩掉別人，我會收到…好人卡…」

「這是什麼爛作家？不要看他的書了！以後。」

「哈哈！」我笑了。

「照我說……我們的故事才應該寫成書。妳看，妳收到我從未來寄給妳的信，然後跑來找我，然後我們認識，中間又經歷過這些事情，這樣的劇情，聽起來比較有意思吧……」

「不要臉！」我笑著。

「最重要的是……這是一個 happy ending。我們會有自己的房子，自己的小孩，過著自己的生活。」

我看著偷米。

「這就算求婚嗎？」

「不算，只是正式開演前的彩排罷了。」偷米說完後，輕輕的端著我的臉，再一次深深的吻。

我在心裡吶喊著：

「如果這就是愛情，請懲罰我，這三十年竟然都未曾遇到過。」

偷米抱著我又躺了下來，兩個身體緊緊的纏繞著。

忽然，我聽到了細微的怪聲音。

「偷米……那是什麼聲音……」

偷米側耳聽了一下。

「手機震動聲……不管他……」聲音持續了一陣子後停止，偷米繼續抱著我進入我倆的世界。

這時候聲音又傳來了。

「……偷米，接一下好了，搞不好什麼重要事情……」

偷米深呼吸了一口氣，沒好氣的裸著身體走到了樓下。

我在床上隱約可以聽到他在樓下講電話的聲音。

「喂，是，我是Tommy，啊你好，伯父你好……什麼！怎麼會這樣子……好、好，我立刻就到。」

從談話內容聽起來，似乎有什麼緊急的事情發生了。

接著偷米匆促的腳步聲，由遠至近的傳了過來。

「怎麼了？」我問。

「牧師……出事了。」

「你那個好朋友嗎？」

「嗯……」

「是怎麼了？」

「一個多月前得了癌症，現在在醫院，他父親打來說，時間已經不多了。」

偷米一邊說一邊穿著衣服，神情慌張的連釦子都扣不起來。

「不要急！」我趕緊握住他的手，幫助他將釦子扣好。

「他是我最好的朋友，我不知道，他如果不在，我會怎樣……」

我看著偷米，這時候的他，竟然像個無助的小孩，眼眶含著淚水。

我站了起來，穿上我的衣服，牽起了偷米的手。

「走……」我說。

「Miki，妳可以不用去的，那種場合……」

「沒關係，你現在這樣子，我會擔心……」

偷米的眼神中充滿了感謝。

「好。」其實從接完電話後，偷米的身體一直在發抖，這種突如其來的打擊，是最容易奪去人的平常心，以致於發生意外的。

「難怪最近電話變少了……」

「難怪我生日他沒有出現了……」

偷米一直喃喃自語著。

「偷米，好了，不要想了……」我握住偷米的手一路走出大樓。

隨手招了輛計程車，便要求司機火速前往醫院。

我當時並不知道，這趟旅程，會將一切，扭曲。

包括我和偷米之間……

第三十話
他是誰

到了醫院後，偷米的神情還是沒有恢復正常，不但完全失去了方向感，就連剛才在電話裡被告知的病房號碼，他都忘記了。

再撥了一次電話後，偷米終於問到了正確病房，拉著我往前直奔。

晚上的醫院，氛圍格外詭異。

跑到了病房門口，偷米的腳步慢了下來。

偷米緩緩地鬆開了我的手，我知道，接下來他想要自己去面對。

於是偷米先走進了病房，我在門口眺望著。

「Tommy，你來了。」一個看似父親的長者迎面抱向偷米。

「……嗯……」偷米已經說不出話了。

這時候偷米靠到床邊，看著他最好的朋友，一句話也說不出。

我遠遠看著，那是個瘦得不成人形，頭髮也因為化療而稀少的男人。

「Tommy，和他說說話，他一直在等你。」伯父看來也非常憔悴，卻還是鼓勵著偷米，趁著有限的時間，和牧師說說話。

「……嗯……」只看到偷米站在床邊，半天說不出話來。

「牧師，我生日……的時候，David 來了……我們還……一起唱了歌，這不是你最希望看到的嗎？」

「………」

顯然，牧師已經無法說話了。

「你一直要我找回夢想，我真的有……而且，我也認識了很好的女孩，對了…你要見她嗎？是我……未來的老婆唷……」

偷米這時候回頭看向我，眼神示意希望我過去。

我慢慢的，從門口走向床邊，並且握住了偷米的手。

「牧師，你看，這是我女朋友，很可愛吧……」

這時候，我才看清楚牧師的長相。

兩頰凹陷，全身瘦到了皮包骨的地步，頭髮也不像一般男人的禿頭般，而是呈現一種很不規則的掉髮，嘴巴又乾又紫，兩隻手的血管上面，插滿了針頭，我能想像，這樣受罪的感覺，非常難過。

只不過，看著牧師的眼神，我竟有種非常熟悉的感覺。

「你好，我是美紀……」我一邊疑惑一邊介紹著自己。

這時候牧師的臉微微的動了一下，雖然看不出來那是什麼意義，但從肌肉的位置看來，我想他是想對我微笑示意。

重點是，這個微笑，好熟悉……

我環顧四周，這是一間單人病房，醫生護士等人都等在一旁，看來，可以確定這個晚上，牧師所剩的時間不多了。

我有點恍神。
「牧師……你不會有事的，沒事……」
偷米持續的和牧師說著話，而我則是和牧師的眼神直直的對望著。
牧師的眼神，讓我，想到了什麼……
想到了什麼……
那眼神，似乎，曾經令我難過……
我再次看了病房內的擺設，我看到了一個與這個環境不太搭的物品。
那是一台筆記型電腦。
那台電腦，我也有印象……
重點是……我看著那電腦的電源是開著的。偷米持續的和牧師說著話，而我，則是情不自禁的被那台電腦吸引了過去。
電腦呈現著螢幕保護程式狀態。
我隨手按了一下按鍵，電腦立刻恢復成待機狀態。

我看到牧師的電腦桌面所使用的背景照片。

我嚇傻了。

那是John。

一個多月前發給我好人卡的——John。

我渾身發抖，抖得非常不自然，抖到偷米也發現了我的不正常。

偷米一把從背後扶住我。

「Miki，你怎麼了？」

我則是驚嚇到連嘴巴都張不開。

「……他……他……是誰？」我指著電腦桌面的照片。

「他就是牧師呀……」偷米說。

我的回憶，在這一瞬間，像是千百道電流般，竄進了我的腦子裡。

「真的不好意思，妳是個好女孩……」一個多月前的日式餐廳裡面，John對我說過的話，一句一句像跑馬燈似的，在我腦海中縈繞著。

「……對不起，我可能無法和妳繼續再交往下去了，我們，做朋友就好了。」

「……喔……好的，那麼，我就先離開了……」

「我會用我剩下的生命，祝福妳，妳一定會幸福的……」

「我會用我剩下的生命，祝福妳，妳一定會幸福的……」

「我會用我剩下的生命，祝福妳，妳一定會幸福的……」

用他剩下的生命，祝福我，指的是什麼意思？

誰能夠告訴我，這樣說，是什麼意思………

晚上的醫院，氛圍格外詭異。

尤其是這間病房………

第三十一話

說不出的祕密

偷米察覺到我的神情怪異，抓緊了我的手。

「Miki，你怎麼了，沒事吧……」

我的腦中忽然間閃過了無數的對話與場景，支離破碎的令人傷神。

「沒事……沒事……」

我走到病床邊，直直地看著牧師。

「……你是John吧？」我說。

牧師當然沒說話。

「Miki，妳認識他？」偷米問。

「一個多月前，我被人甩了，一個電腦工程師，用的就是這台電腦，他的英文名字叫做John，就是照片裡面的人……」

這下換偷米說不出話來了。

「…………」

牧師臉上的表情，看不出任何情緒，不過我可以確定，他正與我對視著。

「……分手兩天後，我就收到了『未來老公』寄的信，而信裡面的未來老公，竟然就是他的好朋友，偷米你……」

偷米的嘴巴微微的張開，他似乎也在這時候想到了這點。

「John，我問你，那些信是不是你寫的……？」

牧師的眼神在這個時候開始渙散，也不是看著我，也不是看著偷米，就像是看著我的背後，似乎背後有著多麼美麗的風景一般。

我又看見他的肌肉抽動著。

我知道他又笑了。

這時候牧師的父親看見他的情況不對，趕緊過來。

「醫生，麻煩一下……」

醫師和護士們也趕緊急忙過來，而我卻還是不死心的抓住了牧師的手。

「John，你說，你和我說，那些信是不是你寫的……」

我有點顧不得偷米和他父親的感受，因為我急著想要知道真相。

偷米這時候趕緊把我架走，醫生護士們一擁而上，圍著牧師進行急救。

5分鐘過後，醫務人員們停止了動作。

「不好意思，請節哀……」

醫務人員們與牧師的父親簡短的報告之後，一群人便走出了病房。

我則是還不放棄的問著。

「請問，這電腦可以借我使用嗎？我可以看看嗎？」

偷米一把抓著我。

「Miki，牧師已經死了，妳還要問什麼呀？那些信是不是他寄的有那麼重要嗎？」

我的情緒在這時候，接近爆發。

「重要，當然重要……」

我甩開了偷米的手，激動的說著。

「因為那些信，我才會認識你，因為那些信，我們才會往來，因為那些信，我才會相信你是我未來的老公。因此我才會違背我的所有原則，和你交往，因為那些信，我剛剛才會在你家，和你做那些事情，那些我認為只能與未來老公做的事情……現在都因為那些信，全部都毀了……」

我歇斯底里，我知道。

「妳和我在一起，是因為那些信，不是因為妳喜歡我？」

「我不知道……」

「妳和我在一起，和那些東西沒有關係，妳要想清楚呀！」

「我說了，我不知道……」我說完後轉身跑出病房。

我知道偷米需要留在現場陪同家人一起處理後事，但是在這麼短的時間內知道了這樣的事情，我的情緒無法平復，我根本不能接受。

跑出了醫院，叫了計程車，我一路坐回我家。

計程車上，我不知原因的，不停的哭著。

我的腦子亂到快要爆炸，這段時間內發生的事情實在太多，這對於我這個單純的人是無法處理的。

走上了公寓門口，我越哭越傷心，哭到幾乎我拿不出鑰匙，而接近失聲般的嚎啕大哭著。

我癱在門前，將我的不悅、我的無奈，一股腦兒的發洩……

哭了幾分鐘後，門開了。

小那揉著眼睛披著外套將門打開。

「Miki，妳沒事吧……」

「那姐……我好笨喔……我到底要被人家騙幾次？嗚……」

我抱著小那，瘋了似的，哭著。

「Miki沒事，沒事，來，我們先進房內……」

我不停的哭，使勁的哭，哭到心筠也起床了。

「Miki，不要哭了啦……」

小那拿了杯熱水給我，我則是跪坐在沙發上，什麼都不想要。

「為什麼大家都喜歡騙我？為什麼我的原則，都不能遵守……」

小那與心筠面面相覷。

「Miki，到底發生了什麼事情呀？」心筠問。

「為什麼……大家都那麼現實……嗚……」我完全不想回答。

這一晚，心筠和小那陪我陪到了早上五點多，聽說一直到後來，我才不小心哭累了在沙發上睡著了。

然而我希望，我永遠都不要再醒過來了……

第三十二話

最後的依靠

嚇醒了。

被惡夢……嚇醒了……

我喘息著，衣服都被冷汗滲透了。

看看四周確認了一下，是我的房間，沒錯。

窗口透著些微的陽光，照在我的書桌上，照在我那台電腦上。

我可以推測現在已經是下午了。

我一下子想不起來，我在難過什麼，想不起來我的淚痕是怎麼來的，但是當我看到電腦的時候，所有的事情都湧進我的腦子裡。

一個多月前，我被 John 賜死，給了我一張好人卡，讓我難過得無法度過我的生日，沒想到生日過後，我的電腦裡面就收到了來自未來老公寄的信。

因為這件事情，我認識了偷米，一個所有事情都違背我原則的男人。

然而隨著時間的更替，事情的變化，再再的把我們推向一起，讓我不得不相信，他就是我未來的老公。

但是沒想到，偷米是 John 最好的朋友，也就是說，所有的信如果都是 John 發的，那麼一切都變得合理了。

也許可以解釋成，John 認為我是適合偷米的女孩，也許可以解釋成，John 認為我是可以讓偷米找回夢想的女孩。可是，不管什麼原因，我都不能接受，我的愛情，為什麼要被別人所左右，甚至因此，打破了我的所有原則。

John 當初要和我分手的時候，我就感到很奇怪。

我認為我並沒有什麼地方，會讓 John 覺得想要分手的。

那麼 John 是在和我交往之後，才發現自己得癌症，所以決定分手？如果是這樣的話，他憑什麼決定我和偷米會有好的交往，也許他老實的告訴我，他得了癌症，我會陪他走完最後一段路呢？

而或許，John 在與我分手的時候，根本也就還沒發現病情，但是卻依然寄出了「未來老公」這樣的信，如果是這樣的話，是不是表示，John 因為我的許多原則，諸如不接受婚前性行為等堅持，感到不爽，故意設一個局，讓我不能堅持我自己的原則，讓我和偷米做了那件事情，藉以報復呢？

不管是上述哪一種可能，我都無法認同。

坦白講，當時對 John 也是有動真感情的，但我真的不能理解，男人一定要把女人當作物品操弄嗎？

在所有的堅持被打破之後，我對於感情失去了信心。

而事實上，『未來老公』的信，在偷米生日過後，也沒有再出現過了。

我想，是因為 John 已經病重了吧。

然而想得更偏激點，會不會這是John與倫米間的男人遊戲，我這個笨蛋，就是John送給倫米最好的禮物呢？

想著想著，我越來越氣，氣得眼淚又流出來。

看著桌上的鏡子，我才發現我的眼睛，已經腫得不成人樣。

我開了電腦，試圖轉移些注意力。

一連線，就跳出了訊息視窗。

「Miki，最近都沒看到妳耶，沒事吧？」阿關。

我摸著電腦螢幕上阿關的視窗，忽然覺得他對我好重要。

「沒事，沒事……」

「要我過去看妳嗎？」阿關說。

「不用了，明天公司見面再說。」

「這樣呀……」

「（笑臉）」

我給了個笑臉圖案，但是眼淚卻流不停。

我咒罵著自己，這麼好的男人在身邊，我一直不珍惜，卻總是去等待或是相信那種不切實際的情節。

「還是我晚上，買東西過去給妳吃？」

「不用了，謝謝。」阿關越關心，我越哭得難過……

「那妳休息一下，有需要的話，再打給我。」

「好……」

回答完阿關的話，我趴在桌上又再度哭了起來。

我是蠢的呀！如果當初我堅持自己的原則，我今天早就可以和阿關好好的走在一起，還有可能會上這種當嗎？

從頭到尾，真正關心我的人，也只有阿關一人，而我竟然就像是瞎了眼睛似的，把他當作透明人。

經過這次的事情，我在心裡下定了決心，並且決定，明天一到公司上班，我就要告訴阿關，決定和他交往。

因為不管怎麼說，目前對我而言，阿關是我唯一的依靠。

如果失去了依靠，我會無法撐下去……

第三十三話
很了不起嗎？

星期一早上，我在正常時間裡到了公司。

我的桌上，也很正常的擺了阿關買給我的早餐。

一開機，訊息很準時的殺至。

「Miki，早安！」阿關。

「早呀！」

「主管們都進去開會了，公司感覺沒剩幾個人。」阿關說。

「嗯，阿關，下班有空嗎？可不可以陪我吃個飯？」

「今天下班喔，應該可以吧，我晚一點和妳說，好嗎？」

「好呀（笑臉）！」

我就知道阿關總是會在我最需要他的時候出現。

我整理著我的文件，忽然想起了一件重要的事情。

「Julie，上上禮拜六聽說公司系統出了問題，我公用資料夾不知道有沒有怎樣？」

Julie 是坐在我隔壁的同事。

「系統出問題？沒有耶，我不知道有這個事情喔！」

咦，我怎麼印象中，有人告訴了我這個訊息。

忽然我的分機響了，我趕緊接起電話。

「Miki，幫我個忙……」是小主管 Maggie 的聲音。

「嗯嗯，妳說！」

「我在大會議室裡面開會，妳幫我到我電腦，把上禮拜五我們討論的那份檔案印出來給我好嗎？」

「好的！」

小主管的命令，讓我趕緊跑去 Maggie 的辦公桌，使用她的電腦。

Maggie 的電腦桌面放滿了檔案，一時之間，我竟然找不到她說的那個檔案。

「有了！」按了影印鍵之後，我正打算到印表機處拿取，忽然 Maggie 桌上的一個包裝盒，吸引了我的注意。

「Bagel！這個上禮拜阿關也有買給我吃……」雖然覺得不是什麼奇怪的事情，但是在經歷過上週末被騙的事件之後，我的敏感度，驟然提高了。

我又回到 Maggie 電腦桌面，我看到了 Maggie 和阿關的 LINE 對話視窗。

我看了下四周，便將視窗點了開來。

將對話往上拉，我可以清楚的看到阿關與 Maggie 在今天早上的對話。

「早呀 Maggie，早餐還喜歡嗎？」阿關的訊息。

「阿關，你對我真是太好了啦，我好喜歡你唷！」Maggie 的訊息。

「肉麻，晚上有事嗎？一起吃飯……」阿關的訊息。

「好呀，我就等你約呢！我先去開會，老闆在催了……」Maggie 的訊息。
「好……」阿關的訊息。
我看著螢幕，聽著印表機的聲音，整個心，像是縮了水般。
他應該是我最後的依靠的……
應該是……
也許是因為我碰了 Maggie 的滑鼠，原本呈現離開狀態的訊息視窗，一下子變成了線上狀態。
「開完會了喔，今天這麼快？」阿關的訊息立刻到。
我冷冷的，看著螢幕。
「那個，晚上不能和妳吃飯了，我媽有點不舒服，要我早點回去看她。」
阿關的訊息讓我覺得我的牙齒，咬得越來越緊。
無法控制自己的身體，我竟然將雙手放至鍵盤上，回覆起阿關的留言。
「約了 Miki 對嗎？不過她也不想和你吃飯了……」

我不難想像阿關在電腦那端的驚愕，因為訊息好一會兒沒出現。

這時候 Maggie 桌上的電話響了，我接了起來。

「喂？」

「果然是妳，妳在 Maggie 辦公桌幹嘛？」阿關的聲音。

「我來幫我老闆拿資料，有問題嗎？」

「……」

「我以為你是好人……」我的聲音，哽咽了。

「夠了，別自作清高……」阿關的這種語氣，我從來沒聽過。

「你說什麼？」我又哭了。

「妳以為妳，很了不起嗎？還不是兩邊同時進行……」

「啊？」

「妳朋友生日當晚，我雖然沒去 KTV，可是後來我有去妳家，別以為我沒看到，妳和那男的接吻了……」阿關的口氣就像是抓姦在床一般。

「你……」

「我看到了，別說的自己很多原則的樣子。」

「……」我哭得無法說話，只能悄悄的將電話掛上。

我真的不能相信，這世界到底出了什麼問題，我將 Maggie 要的資料拿給了 Julie，一邊哭著一邊將我辦公桌的資料整理打包，不到幾分鐘後，我已經離開了公司。

我不知道要去哪裡，那應該是我最後能依靠的人，卻在最後又補了我一槍。一路上走著，東西一邊拿一邊掉，我彎腰蹲在地上撿著東西，卻越撿掉越多，最後幾乎像是隻狗一樣，四肢都趴在地面上。

忙碌的台北市星期一早上，沒有人幫我，沒有人關心我，沒有人停下腳步。

「很了不起嗎？」

阿關的這句話，不停地迴盪在我腦中……

第三十四話
宅女的條件

Dear 心筠&小那

這兩天我一直思考著，人是脆弱的動物，不過，是會保護自己的。

回到了住了二十幾年的基隆老房子，我的心情，的確是沉靜了不少。

辭了工作、換了手機、搬回老家，我啟動了保護機制，以便讓自己不會在那個大都會區裡面碎裂掉……

聞著基隆港的味道，我似乎又回到了高中時期。

也許，我可以重新建立原則，重新再活一次。

就像是，我不喜歡相親，但是，我可以嘗試。

基隆的小弄巷與台北的大馬路，呈現了截然不同的感覺，在這邊，我更愛的是用雙腳慢慢的走著，一邊看著基隆的人，一邊呼吸著基隆的空氣。

妳們還好嗎？雖然我只搬回來兩個禮拜，但是感覺好像好久沒有看到妳們了，我好想念妳們。

想念小那的料理，想念與心筠喝酒。我在基隆，是個完全的宅女，除了早上陪母親去菜市場之外，我成天都待在家裡。電視、網路、報章雜誌，每天我幾乎都會看好幾遍。

對了，小那的婚禮快到了，記得通知我唷。

有空來基隆找我！

愛你們的 Miki

寄出這封信之後，我知道晚上我要面對的是我生平的第一次挑戰，也許是因為這件事情，今天才會寫信吧。

「美紀，走了，不要遲到。」媽媽的叫聲。

「好……」我走到門口，和媽媽牽起了手，往約定好的飯店前往。

對方來的也是母親，帶著他那已經三十五歲可是卻尚未結婚的小孩。

「妳好，妳是美紀呀，長得好漂亮喔！」對方的媽媽一臉笑容。

「哪裡，你們家大傻才是帥哥一個呢！」媽媽也和人家你來我往了。

重點是，我媽媽比較厲害。因為大傻橫豎怎麼看，都不是個帥哥。

「好啦，我們讓他們兩個聊聊天好了。」

「對，對，我們先走吧！大傻，要好好照顧美紀唷！」

大傻，傻笑著。

兩位媽媽離開後，我拿出了我的手機。

「咖嚓！」快門發出的聲響。

「幹嘛拍我？」大傻，傻笑著。

「你帥呀……」

我不知道我幹嘛要拍他，可能就是以後可以告訴我老公，這是我第一次相親時候的對象。

大傻的身高大概一百六十出頭，不過體重我估計超過了八十公斤，眼睛小小、鼻子大大、嘴唇厚厚，看起來，不像是個聰明人……

大傻雖然看起來傻，可是條件可是不錯呢！

自己擁有一個廟口的攤子，而且學得了祖傳的甜不辣製作方法。

「美紀，妳希望妳的老公，有什麼條件？」

其實在來之前，我就先將自己轉換角色了。

我是個基隆長大，要求不多的宅女。

「我呀，當然就是要有房子、有車子，然後有些存款，這樣就很棒了。」

我笑著說。

「我，都有耶！」大傻，傻笑著。

當然，我知道你要聽這個，不然，你有什麼呢……

大傻吃了一塊蛋糕後，接著說。

「美紀，那妳覺得，人，要有夢想嗎？」

「我……」很驚訝，整個身子都豎直了。

我沒想到眼前的這位仁兄，會和我討論起這個話題來。

大傻喝了口汽水後，接著說。

「我覺得，講夢想的人，最不實際了。沒有房子、沒有錢，講那些有用嗎？」

我的嘴唇微開，身子，又往後倒回了椅背。

「美紀，妳說對嗎……」

對……

我現在是宅女，我希望我的老公條件是，有房子、有車子、有錢……就夠了。

聽完了大約一個小時甜不辣的獨家製作過程之後，我似乎全身都感染著些許的油煙，拖著疲憊的耳朵，我離開了飯店。

這第一次的相親，其實感覺並沒有不好。

事實上，我覺得這樣子認識別人，也挺有趣的。只不過，有了第一次經驗之後，我下次可能會與母親商量一下，因為母親比較熟絡的對象，除了小吃攤之外，第二大團體就是菜市場，我不太希望下一次聽到解剖豬隻的獨家過程了……

回到家後，我看見了信箱裡面紅色的物件。

我大概猜得到，果然，從裡面拿出一封寫著我名字的喜帖。

「小那的喜帖終於到了！」

我興奮的拆開了喜帖，看見小那與平常落差極大的婚紗照，我看著看著，笑容停不下來。

「下個月……太好了，可以和那姐她們見面了。」

基隆的宅女，平凡的幸福就可以讓人開心很久……

第三十五話

小那的婚禮

車子搭了很久，我才坐到了豐原。

對於台灣的台北以南的地方，我都是一片陌生的。

也因此，到我找到了餐廳之後，已經是超過入席時間約莫三十分鐘了。

不過還好，筵席還沒開始。

我到了接待處看見了心筠，畫了好美的妝。

「Miki，Miki，妳終於來了啦！」心筠幾乎是尖叫的。

我抱著她，兩個人差點沒有淚灑現場。

「那姐呢？」我問。

「來……」心筠牽著我的手，到了休息室。

我一進房內，就看到許多長輩，我猜寫那是小那的父母親和親戚。

小那正在弄頭髮，一看到我，顧不得頭髮立刻跳了起來。

「Miki！好久沒看到妳了啦！」小那穿著露肩的婚紗，緊緊的把我抱住了。

「那姐，妳好漂亮唷……」我的眼眶則是充滿了淚水。

「妳呀！我和心筠都好擔心妳，妳好不好呀？」小那抱著我一直說，聽著她的聲音也哽咽了。

「沒事沒事，我好得很！」

心筠趕緊拿了衛生紙過來給小那。

「唉唷，妳妝都花了啦，別這樣，別這樣！」

「我先帶 Miki 去坐啦，快要開始了，等等再聊。」心筠說。

「好！」

於是心筠把我帶到了親友桌的位子上。

「等等聊，我先去幫她弄些事情……」

「嗯嗯。」我點著頭。

沒多久，全場的燈就暗了。

我看著聚光燈打在門口，心筠和幾個伴郎伴娘，緩慢的走出，最後就是小那，和她的父親走進場。

小那一身白色蕾絲婚紗禮服，把她的胸部襯托得更搶眼，幾乎每個喜宴的男性都盯著新娘看。

當小那的父親牽著小那的手，走向台前交給新郎時，我看見那爸爸的眼眶，帶著些許的濕潤，而小那的眼淚早就流了整臉。

我也跟著拭淚。

經過了一番儀式之後，小那終於和新郎坐回主桌，而這時候，筵席也才正式開始。

我一回頭，卻看見了個認識的人。

「Joe？」偷米的同事Joe也來了。
「我剛才就看到妳了，最近還好嗎？」
「嗯，我搬回基隆了，很好。」
Joe皺了皺眉頭。
「妳換電話也不說一下，偷米簡直快瘋了。」
「……是嗎？」我說。
「有空打電話給他吧，他現在也需要人支持。」
「怎麼說？」
「他把房子賣了。」
「賣了？不是說會增值嗎？」
「他低價賣掉了，而且，工作也辭了……」
「啊？」
坦白講，我不知道後來的事情，因為我完全不想過問了，只不過現在聽Joe

講起來，不免讓我有點動容。

「反正，有空和他聯絡吧！乾杯！」Joe 舉起了紅酒杯，我斜眼看了一下。

Joe 似乎察覺到我想到了什麼。

「哈哈，我自己喝，我自己喝。」接著便將自己的酒杯清掉了。

看到 Joe，很多事情的回憶都回來了。

我本來以為我在基隆過著宅女般的生活，沒多久事情就會淡化，沒想到只是看到一個人，就可以讓我想起許多事情。

酒席到了一半，小那他們安排了一個表演節目，是小那的弟弟，最近剛學了吉他，打算自彈自唱獻首歌給姐姐與姐夫。

年輕人上了台，在台上調起了音。

看著他，偷米拿吉他的身影，又浮現了出來。

「接下來這首歌，我獻給我姊姊，希望她一輩子幸福，快樂。」

小那的弟弟輕快的彈起了吉他，整個會場充斥著他指下的音符，很顯然，他不像偷米那麼熟練，歌聲也是一般，但是聽得出來他的用心。

一曲彈畢，全場抱以熱烈掌聲，而我的思緒，卻早已飄遠……

要離開的時候，我在門口與心筠以及小那擁抱。

心筠的身邊站著一位西裝筆挺的中年男士。

「這位是……」我有點印象。

「民生東路圓環咖啡廳……」心筠說。

「喔喔……」我笑著。

「Miki 搬走以後，小那下個月也要搬了，接下來只剩下我自己住那邊。」心筠略帶感傷的說。

「那有什麼關係，反正過不了多久，妳也會搬走，不是嗎？」我說的肯定。

小那在一邊微微的點頭笑著。

「一段時間不見，Miki 好像變成熟了耶～」

苦。

「有嗎？哈哈哈！」

我心裡知道，我是無法幼稚了，因為，我再也不能承受一次，令人瓦解的痛苦。

「快點，我們三姐妹，一起照張像吧！」心筠提議說。

「好呀好呀！」

於是新娘子的小那站在中間，我和心筠環抱著她的照片，就在一片祝福聲中，留在了我們三姐妹的心中。

再見了，小那，心筠，祝妳們都幸福。

第三十六話
一首動人的歌

小那的婚禮過後，我依舊回到基隆過著與世隔絕般的生活。

早上陪著母親去菜市場買菜，下午則是回家上上網，晚上幫忙母親煮晚餐，和家人一起吃飯。

在這平淡的生活中，比較特別的可能是多了個角色，那就是上次相親後認識的新朋友，大傻。

大傻的攤子通常是晚上才會出去擺的，也因此在下午他常會有意無意的跑到我家來串門子，基於他母親與我媽認識的關係，我也不好說什麼。

「美紀，我租了片光碟，最新的，妳要不要看？」大傻，傻笑著。

類似這樣的邀約，我是覺得不需要拒絕啦，反正在家裡看看電影，也不會有什麼奇怪的事情發生。

「美紀，我買了碗豆簽羹，妳要不要吃？」大傻，傻笑著。

諸如這種滿足口腹之慾的好事，我也不會拒絕。

也因此，大傻在我家出現的次數越來越頻繁，雙方家長還以為好事已經快要近了。

「對，對，我知道，好像天天都有出現耶，這樣好，這樣好！」我母親如同三姑六婆般的講著電話，內容聽在我耳裡還真是有點無聊。

「啦～啦～啦……啦啦……」母親講完電話後，故作輕鬆的哼起歌來了。

「媽，妳不要和大傻媽亂說話啦，這樣以後我就不讓大傻來家裡喔！」

「啦～啦～啦……啦啦……」老媽竟然假裝沒聽到我說的話，自顧自的哼著歌。

「媽，我說的話……」忽然，我想到了什麼。
「媽，妳在哼什麼歌呀？」
「不知道耶！最近常常聽到，我覺得很好聽呀！」老媽總算回我了。
只不過，這首歌的旋律，熟悉得讓我有點眼眶泛紅……
隔天下午，大傻又在我家出現了。
「美紀，我下載了一首很好聽的歌，妳要不要聽？」大傻，傻笑著。
因為昨天晚上母親與大傻媽的對話，讓我對於大傻來家裡的這件事情，感到了些許的排斥與無奈。
「你傳給我就好了呀！不用拿來吧！」
「一起聽呀！」大傻笑著說。
大傻自己站在客廳裡，而我則是看著電視，不太想理他。
「你放著吧，我有空再聽！」

「喔～」大傻並沒有打算離開。

我轉著電視搖控器，忽然看到了熟悉的人。

「所以這首歌，是獻給David最好的朋友？」螢幕中主持人問著。

「是的，他在兩個月前過世了，這首歌是由我另外一位最好的朋友所創作，寫給那位我們已經過世的，最好的朋友……」

「這首歌叫做……」

「You and Me」

當字幕上打出了歌名以及作詞、作曲者，我的眼眶又紅了……

詞曲：偷米。

「就是這首啦，我要給妳聽的就是這首歌……」大傻興奮的說。

隨著電視播出David的歌聲，我和偷米的那一小段過去的回憶，一幕一幕出現在我腦子裡，充滿了甜蜜、充滿了衝突，充滿了我人生中成長的許多元素。

「愛有一種魔力……」大傻忽然跟著唱了起來。

「閉嘴！」我大聲斥責。

大傻立刻安靜的不敢出聲。

如果照 Joe 的說法，以及現在偷米做的事情看來，他真的是放棄掉現在的高薪，而回去追求他的理想了。

如他所說，雖然無法走幕前，但是在幕後做個稱職的音樂工作者，對他來說，也是回到夢想的一條路。

聽著 David 的歌聲，我可以感受到，他們兩人對牧師，也就是 John 的感情有多深。

由此也不難理解，John 不是那種會故意作弄人的人，以我當初對他的了解，他也不像，他反而比較像是細膩的姐妹。

模糊的記憶中，我想起了第一次見到 John 時，我們的對話。

「……妳剛才說的都是妳的戀愛原則？」John 聽完後非常驚訝。

「對呀，只要不符合，我就會放棄了。」

「不管另一半放棄夢想，或是違背妳原則的原因為何？」John 接著問。

「對……」

某個角度看來，John 的信可能不是要幫偷米找回夢想，更有可能是要讓我成長，讓我了解現實與夢想之間，該如何平衡，該如何自處。

有時候我在想，如果當初牧師病危的時候，我沒有跟著去，或許現在我依舊不知情的和偷米在一起，愉快地交往著。

只不過，這一切現在都已經過去，偷米可以依循自己的方向前進，對我來說，已經是這件事情裡面，最好的一面。

David 唱完了，我看得出他的眼眶充滿了淚水。

「真好聽耶！」大傻竟然也哭了。

看著大傻，我覺得他真是個好人。

「大傻，謝謝你給我這張單曲，真的很好聽。」

大傻笑了。

「不用客氣啦，美紀，有什麼需要的妳再和我說。」

只不過，我的需要，你一輩子，應該都無法給我……

我在心裡暗自回答著……

第三十七話

似曾相識的對白

基隆的老家，是透天厝。

而我的房間在二樓，老爸老媽在三樓。

也因此，一樓的客廳，是大傻常常出現的地方。

這天晚上，吃過晚餐後，大傻又出現了。

他穿得很體面，白襯衫上面打了個小領結。

「美紀，我今天不出攤，晚上……我們出去走走好嗎？」大傻，傻笑著。

我面無表情。

「美紀，我們……認識有一段時間了，我媽說……我們要邁向下一個階段了。」

我無言以對。

「美紀，我帶妳去看電影，晚一點，我訂了飯店……我們……可以去……休息。」

我直接走上樓了。

「美紀，別這樣！」緊張的大傻跟著我上了二樓。

我有點惱火。

「下去！」我吼著。

大傻不敢惹我生氣，原地往後退到了一樓。

「美紀…妳是不是有別的男人？」大傻有點快要哭了。

「我哪有什麼男人！」

「妳不要再騙我，妳一定是外面有男人！」

聽完這話，我在二樓都快哭了。

「我哪裡來的男人呀？」我有點欲哭無淚。

大傻安靜了一下，忽然又爆出驚天大叫。

「啊！不然，這男人是誰？」大傻這段台詞，讓我覺得似曾相識。

我無奈的走下樓去。

「你又在說誰呀？」走到了一樓我才看到了我們家門口除了大傻之外，還站著另外一個人。

中等身材，下巴和嘴邊有著明顯的鬍渣，眼睛雖然不大，卻有著濃厚的眉毛，那是個充滿男人味的……男人。

那是，偷米。

「妳說，他是誰呀？」大傻的聲音已經破了。

我看著偷米，心裡充滿了驚訝，充滿了回憶。

偷米看起來有點喘，不過講話依舊不疾不徐。

「我呀……我應該是她未來的老公吧……」

大傻一聽這話，氣得臉都脹紅了，手指著我，卻半句話說不出來。

氣不了多久，大傻已經走出我家門，只剩下偷米和我，站在我們基隆老家的一樓客廳中。

我和偷米對望著，兩人都說不出話。

偷米清了清喉嚨，試圖打破這沉默。

「妳好嗎……」偷米說。

「嗯……」我不能講話，因為我深怕一開口我的眼淚就會流下。

「這邊……環境不錯。」偷米看了一下屋內。

「嗯……」

偷米摸了摸鼻子，舔了一下嘴唇。

「那個……『老王牛肉麵』老闆娘，一直要我帶妳去吃麵……」偷米沒頭沒腦的說著無關緊要的話。

「嗯……」

「還有……David 要我帶妳去聽……他下個月的演唱會。」

「嗯……」

「……另外，樓下警衛問我……妳是不是……回娘家了。」

「嗯……」偷米說了半天，似乎聽不出來任何一個理由，是他自己的意願來找我的。

又沉默了十八秒左右。

「你怎麼知道這裡……」這次只好由我來打破沉默。

偷米不做回答，像是想到了什麼似的，趕緊從他的褲子口袋中，拿出了一張A4的影印紙，交給了我。

我將紙張打開，看到了上面的字。

寄件者：Miki

寄件主旨：救我

Dear 偷米：

我忽然想起我們決定共渡今生的場景。

那是我在失戀過後極度難過，正打算在老家接受另外一段感情時，你卻在這個時候出現了。

因此，快點，去救我，否則我就會和別人在一起了。

我知道，時間快要到了。

我的老家地址：基隆市東信路55巷48號

PS：我家的門通常都開著，不需要鑰匙

愛妳的老婆Miki

我看完之後，忍不住笑了。

笑的同時，眼淚，也在眼框的表面張力到達極限後，流了下來。

因為信裡面的這種口吻，怎麼看，都不會是我寫的。

偷米這時候才敢走近我，牽起我的手。

「這你自己寫的吧？」我問。

「怎麼可能，我昨天晚上才收到的……」偷米故作吃驚狀。

「最好是！」

「妳不相信嗎？搞不好是妳和剛才那位仁兄結婚後，過了十年妳受不了，趕緊從未來寫這封信給我也不一定……」

「哈哈……」我握著偷米的手，心有所感。

「我猜，是牧師寫給你的……」我的這句話，已經說明，未來老公寄的信這件事情，在我心裡已經沒有疙瘩了。

「也許吧……」偷米笑。

「妳不再鑽牛角尖了嗎?不在乎是誰寫的信了嗎?」偷米問。

我看著這封未來老婆寄的信，自己微微的笑著。

「經過這一切，我想，我懂了……」

「懂了?」偷米皺眉。

「嗯……」我接著說。

「感情和人生都是一樣的……沒有標準答案，只需要掌握現在。」我更緊握了偷米的手，偷米看著我傻笑著，而我看著他，心裡所有的疑慮、不安，在這時候完全一掃而空，我知道，這些過程都只會讓我們的感情，更加堅固。

再也不用去管信是誰寫的，我寧願相信，這些都是愛神的行徑。

第三十八話
未來

基隆的海邊，一棟白色的別墅裡。

偷米正帶著耳機，在他的錄音室裡面剪接 David 精選輯的音樂。

我和兩歲的小偷米，在客廳看著電視。

沒多久，偷米頂著個大啤酒肚走到客廳，抱起了小偷米。

「小寶貝，知不知道再過兩個月就是什麼日子呀？」偷米問著小偷米。

「呀…呀……」小偷米伊伊呀呀。

「就是呀，爸比媽咪的十周年紀念日耶…」

聽到偷米這麼一說，我像是想到了什麼似的。

「偷米，這樣說來，不就是現在嗎？」

「什麼意思？」偷米不解的問著。

「我當年收到你從未來寄的信啊，不就是現在寄出的嗎？」我說。

「……這，妳不是說那是牧師寫的嗎……」

「誰知道，沒有經過證實，搞不好和牧師一點關係也沒有呀……」

「喔……」偷米抓著頭，有點不知道我想幹嘛。

「可是，我要怎麼寫，才能寄給十年前的妳呢？」偷米問。

「ㄟ……」坦白講，我也不知道。

電視節目這時出現了即時新聞。

「微軟聲稱網路技術出現了重大突破，實體世界上無法達成的時空旅行，可能近期可以先在網路上實現，據了解，微軟目前已經實驗成功，可以將郵件寄到幾個月前的時空，估計不久後，可以在市面上運用這項技術……」

我和偷米彼此看著，笑了。

（END）

後記

化身為美紀的日子終於結束了。

隨著雅虎時尚的專欄連載，隨著網友們的熱情支持，我在很短的時間內，將這篇長篇小說完成了。

基本上，美紀這角色，存在於我身邊周遭很多女性朋友身上。

單純的、認份的、率直的過著自己生活的女性。

但是卻那麼的渴望愛情，渴望一個專屬於自己的戀情的到來。

我多想說，美麗的戀情，沒有幾個人遇得到，但是對於這些朋友們的天真與純真，我卻又是那麼地欣賞。

這就是女人，也是我愛女人的原因。充滿了夢想，充滿了希望。

這整個故事，H想描述的是，女孩子對於愛情的認知，從畫地自限，以致於掌握現在，從頭到尾都在說明美紀自己內心的變化。

只不過到了最後，我反而不想著墨太多，只希望讀者自己可以感受，而不是透過文字描述才能了解美紀的成長。

另外一個比較關鍵性的角色，應該是阿關。

一開始，阿關就是個備受喜愛的角色。

我想有些讀者在閱讀過程中，應該曾經有過「美紀和阿關在一起就好了吧」的念頭，聽起來像是不錯。

只不過，像阿關這樣的男人，其實到處可見。

粗略的分類，他也是與美紀一樣的人，認為愛情，就是應該如此如此。

但問題是，女人通常只會看一個面相——那就是這個人，對自己好不好。

因為H年輕時候吃過這種虧（總是不懂得對女孩子好，於是好女孩就被那種很會做貼心事情的男生騙走），不過，到最後，女生總是會覺悟。看一個男人，不能只看一個部份，還有許多的細節需要觀察。

我常說，故事結尾如果會是出人意表的，通常不是設計出來的。而是角色的個性所造成的。

至於讀者最常問的問題，信到底是誰寄來的？

我想，只要真愛到來了，我們也不用在乎吧……

愛小說 01

未來，我是你的老婆

出版發行
橙實文化有限公司 CHENG SHI Publishing Co., Ltd
粉絲團 https://www.facebook.com/OrangeStylish/
MAIL: orangestylish@gmail.com

作　　者 H
總 編 輯 于筱芬 CAROL YU, Editor-in-Chief
副總編輯 謝穎昇 EASON HSIEH, Deputy Editor-in-Chief
業務經理 陳順龍 SHUNLONG CHEN, Sales Manager
美術設計 楊雅屏 Yang Yaping
製版／印刷／裝訂 皇甫彩藝印刷股份有限公司

編輯中心
ADD／桃園市中壢區永昌路 147 號 2 樓
2F., No.382-5, Sec. 4, Linghang N. Rd., Dayuan Dist., Taoyuan City 337, Taiwan (R.O.C.)
TEL／（886）3-381-1618 FAX／（886）3-381-1620
MAIL: orangestylish@gmail.com
粉絲團 https://www.facebook.com/OrangeStylish/

全球總經銷
聯合發行股份有限公司
ADD／新北市新店區寶橋路 235 巷弄 6 弄 6 號 2 樓
TEL／（886）2-2917-8022　FAX／（886）2-2915-8614

初版日期 2023 年 2 月